書下ろし

恥じらいノスタルジー

橘 真児

祥伝社文庫

目次

第一章　帰郷

1

駅に着いたときから感じていた郷愁《きようしゆう》が、中通りの一角を曲がって自宅のある路地に入った途端、デジャヴとなった。

「あ――」

藤井輝正《ふじいてるまさ》は、半開きの唇から小さな感嘆《かんたん》を洩らした。思わず足をとめ、目の前の景色を茫然《ぼうぜん》と見つめる。

そこにあったのは、彼が幼少期を過ごした頃からずっと変わらない眺《なが》めだった。いや、それよりもさらに昔、この国が戦後の混乱期を乗り越え、いよいよ高度経済成長を迎える昭和三十年代の街並みだ。

車一台がやっとという細い路地の両側に、古い木造の家々が並ぶ。外壁は色褪《あ》せた板張りで、窓もアルミサッシではなく木枠のものばかり。玄関も時代がかった格子の引き戸がほとんどだ。

その他にも板塀や生け垣、盆栽や植木鉢の並ぶ狭い庭に面した縁側など、近年ではとんと見られなくなった光景がそこかしこに見られる。まだそんな時刻ではないのに、夕暮れが近いように感じさせられるのは、見えるものがすべてセピア色だからか。秋が深まった時季のせいもあるのだろうが、夕暮れが似合う景色なのはたしかだ。年寄りたちが懐かしがる、旧《ふる》き好《よ》き時代がそこにあった。

ここは××市、根古井《ねこい》地区。関東圏でありながら東京に出るのに三時間近くもかかるという、さまざまな交通ルートからはずれたところだ。駅前の光景ですら、いかにも田舎町《いなかまち》という寂《さび》れたものである。

もっとも、輝正の地元であるこの通りと比べれば、そちらのほうがずっと近代的であり、都会であった。

初めてここを訪れたひとは、映画やドラマのセットのようだと感想を持つ。実際、この付近はそれらのロケに多く使われる。そのため、家々や路地の外観をなるべくいじらないようにすることが取り決めになっていた。

ロケに協力すれば何がしかの謝礼をもらえる。また、それを受け入れることで観光や商業面の収入も期待できるから、市のほうでも街並み保存を奨励していた。

外観を損なわない改築には補助金を出す。生活そのものが不便にならないよう、上下水道や都市ガスも整備されていた。外観は古くとも、中に入ればモデルルーム並みの設備や調度が整った家もある。

もっとも、役所がいちいち奨励しなくても、この通りの眺めが大きく変わることはなかったであろう。

年寄りが多いせいもあってか、この付近に住むひとびとは暮らしの変化を好まない。昔ながらの近所付き合いを続け、まるで自分の家のことのように、向こう三軒両隣の暮らしぶりや家族構成、自立した子供の居場所や、親戚《しんせき》がどこにいるのかまでも知っている。困ったときには助け合い、冠婚葬祭のときには身内以上に世話を焼く。

そういう密な付き合いが苦手な若い世代は、早々にここを出ていく。あとには年寄りだけが残され、ここ数年で空き家も増えた。そういう家は市が委託を受けて管理していた。

輝正も、住民の古い体質や世間から取り残された街並みが嫌で、ここを出ていったクチである。東京の大学に進んでからはほとんど帰らず、今回も三年ぶりの帰郷だった。

だが、目に映るものがまったく変わっていないものだから、かえって懐かしさを感じない。時間が巻き戻り、つい昨日出ていったばかりのような錯覚をする。

（今は……何年だ？）

そこらの家に入り、カレンダーか新聞で年号を確認したくなる。ここだけ時間が止まっている。いや、いっそタイムマシンで過去に辿《たど》りついたかのようだ。

おそらくそれは、今という時代が渦巻く東京から戻ったせいもあるのだろう。

立ち止まり、しばらくぼんやりと路地の景色を眺めていた輝正は、「にゃあ」という鳴き声で我に返った。

ハッとして脇を見れば、板塀の陰から一匹の三毛《みけ》猫がこちらを見あげている。けれど、輝正と目が合うなり、そいつはすぐに隠れてしまった。

見知らぬ人間に興味を示しても、いざ向こうがコンタクトをとろうとすると、関わりを恐れて逃げてしまう。この辺りの住民を生き写しにした猫の態度に、輝正は苦笑した。ペットが飼い主に似るのは、どうやら事実らしい。

ずっと変わらない土地で、変わらぬ生活を続けているせいだろう。ここらのひとびとは閉塞《へいそく》的であり、排他的だ。それも輝正が、生まれ育った場所を出ていった理由である。

ここにいたら何も変わらぬまま年だけをとり、自分も古びた景色に溶け込むに違いない。夢を持った青年に、そんな生活はひどく耐え難《がた》いものであった。滅多《めった》に帰郷しなかったのも、この地に取り込まれそうな気がしたからだ。

二十八歳といい大人になった今は、さすがにそこまで故郷を忌《い》み嫌ってはいない。しかし、見慣れた景色を前にして、素直に懐かしがれないのも事実だ。

ここにいたら、現代に戻れなくなるのではないか。そんなありもしないことを考えながら、輝正は足を進めた。

昔のまま残っているのはこの路地と、もう一本北側の路地だ。二本の通りは三百メートルほど先で交わり、そこには古い神社がある。

あの鳥居や社殿も、昔のまま残っているのだろう。小石の敷き詰められた境内《けいだい》では、子供たちが暗くなるまで遊んでいた。

(おれもガキのころは、あそこでよく遊んだんだよな……)

だが、中学にあがってからは、祭のとき以外はまったく立ち寄らなくなった。幼なじみから神社で遊ぼうと誘われても、理由をつけて断っていた。どうして付き合わなかったのか、今となってはまったく思い出せない。

(ま、子供っぽい遊びなんかしたくない年頃だったんだろう)

あとで久しぶりに神社に行ってみようかとも考える。

路地はやけに静まり返っている。立ち並ぶ家々に、誰も住んでいないかのようだ。住民は年寄りがほとんどだから、静かなのは当然かもしれないが。

輝正の家も高齢世帯だ。五年前、彼が大学を卒業した翌年に父親が亡くなってからは、母親と祖母の二人暮らしである。

母の昌江《まさえ》が六十一歳。昌江の実母、祖母のチヅは八十七歳になる。

藤井家の婿《むこ》養子である父の輝義《てるよし》は、還暦《かんれき》を前にしたある日、仕事中に脳卒中を起こして急死した。激務がからだに負担をかけたわけではない。もともと高血圧や高脂血症の持病があったのだ。

彼の父親や兄も同じく脳卒中で早世しており、いつそうなってもおかしくないという心構えは本人や家族も持っていた。父が遺族も受け取れる年金タイプの保険に加入していたのも、万が一を考えてのことだったのだろう。

輝正も、取り乱すことなく父の死を受け入れられた。けれど、まったく悲しくないわけがない。残された母や祖母をどうするのかという問題もあった。

輝正は一人息子である。一家の大黒柱を失ったのであるから、彼が家に戻るのが自然の流れであったろう。

しかし、そうしたくなかった。故郷が好きになれないとか、勤めて間もない会社を辞めたくないとかいう前に、東京でやりたいことがあったからだ。

それでも、戻るように言われたらそうするしかない。高齢の祖母の世話を、母親ひとりにまかせるわけにはいかなかった。それに、何かあったときに男手がないと困ることもあるだろう。仕方あるまいと、半ば諦《あきら》めていた。

ところが、葬儀や後始末が終わると、

『こっちはもういいから、あんたは東京に戻りなさい』

母の昌江があっさり告げたのである。

『え、いいの!?』

驚いたものの、要は一時的に戻るだけなのだろう。仕事を辞めてすぐに帰ってこいという意味だと思った。実際、遠方の親戚にそう諭《さと》されていたから。

しかし、そうではなかった。

『こっちはどうにでもなるから。ばあちゃんもデイサービスに通うことになったし、母さんだってまだまだ元気なんだから、何も心配なことはありゃしないよ。せっかく勤めた会社を、わざわざ辞めることもないさ』

息子が親戚に諭されていたのを、彼女も耳にしていた。だからそんなことを言ったのだろう。

『だいたい、こっちに帰ったところで、大した仕事もないだろうし』

『でも……』

内心は嬉しかったが、輝正は躊躇《ちゅうちょ》した。母親も高血圧で薬を飲んでいたし、ごく短期だが入院したことがあった。まだまだ元気と言われても安心できなかったのだ。

そんな息子の心配を払拭《ふっしょく》するように、昌江は朗《ほが》らかに笑った。

『輝正はやりたいことがあって東京に出たんだろ？　母さんは、それを諦めさせるようなことはしたくないんだよ。一度きりの人生なんだから』

自身の夢のことを、両親に打ち明けたことはない。けれど、母はちゃんとわかっていたようだ。

『わかった……ありがとう』

輝正は涙を堪えて頭を下げた。

母親の言葉に甘え、東京に戻った輝正は、ほとんど帰郷しなかった。仕事が忙しかったのに加え、やりたいことを成し遂げるのにも時間をとられたからだ。休日も、彼にとっては休日ではなかった。

昔から本好きだった輝正は、小説家になることを夢見ていた。中学生のときから創作を始め、作品を仕上げては新人賞に応募した。もちろんそう簡単に入賞などできるはずがない。大学を出て、就職してからも書き続けた。

そして昨年、ある小説誌に送った原稿が新人賞はとれなかったものの、編集者の目に止まって書き直しを勧められた。応募原稿は六十枚の短編だったのであるが、このテーマなら長編で書くべきだと言われたのである。

これはチャンスだと、輝正は発憤した。エピソードや登場人物を増やして加筆し、三百枚にまでふくらませる。それを編集者に読んでもらい、さらに何度か書き直しをした。

『いいね、これ。ウチで出そう』

編集者がにこやかに告げたときのことは、おそらく一生忘れられないだろう。こうして念願叶《かな》い、処女作を出版するはこびとなったのである。

もっとも、一冊出しただけで小説家になれたなどと胸を張れるものではない。むしろ足がかりを摑《つか》んだこれからが勝負である。作品を出し続けて読者から認められることで、初めて小説家になれるのだ。

と、担当の編集者から言われたことを、輝正は重く受けとめていた。さっそく次の作品のプロットを提出するよう指示されており、急いで構想を練らねばならない。

それでも、処女作を出せたことを、誰よりも母親や祖母に報告したかった。母が笑って送り出してくれたからこそ、自分は頑張れたのである。

だから会社から休暇をもらい、三年ぶりに帰郷した。バッグの中にある、来週発売される真新しい本。それを手渡し、ありがとうと伝えたかった。

わずかにカーブした路地の前方に、懐かしい我が家が見えてくる。今日帰ることは連絡していない。いきなり顔を見せて、驚かせたかったのだ。

母さんはどんな顔をするだろう。ばあちゃんは元気だろうか。

そんなことを考えたとき、

《――早く》

頭の中に声が聞こえた。

「え?」

誰かに呼び止められたのかと思い、輝正は立ち止まった。しかし、見回してもあたりにひとの姿はない。

(空耳かな……?)

首をかしげたところで、今度はもっとはっきりした声が響いた。

《急いで》

聞いたことがあるようでも、誰の声かわからない。だが、不意に胸騒ぎを覚える。

居ても立ってもいられなくなり、輝正は駆け足で家に向かった。あれは虫の知らせだったのかもしれないと思ったのは、あとになってからのことだ。

家に着き、ガタつく引き戸を乱暴に開ける。

「ただいまっ」

息を切らしながら、輝正は大声で呼びかけた。家の中は三年前に帰ったときとほとんど変わっていない。そして、鼻に馴染《なじ》んだ匂いがあった。

返事はなかった。誰かが出てくる気配もない。

(留守なんだろうか……)

祖母がデイサービスを利用する日は、母もパートに出かける。けれど今日はその日ではないはず。三和土《たたき》の端に折り畳んだ車椅子があり、ふたりで外に出かけた様子もない。

廊下の時計を見れば、午後三時を回ったところだ。近くに用足しか、買い物にでも出かけたのだろうか。

そのとき、奇妙な音が聞こえた。

ゴー……ゴー――。

どうやら鼾《いびき》のようだ。しかし、やけに大きい。

(なんだ、寝てるのか)

疲れて昼寝をしているのか。けれど、妙に不吉な思いに囚《とら》われる。

輝正は玄関を上がり、すぐ左手にある居間の戸を開けた。

「え――!?」

バクンと、心臓が音高く鳴り響く。

居間の真ん中には卓袱台《ちゃぶだい》があり、その脇で母親の昌江が仰向けになっていたのだ。それも、やたらと大きな鼾をかいて。

「――ちょっと、母さん!」

輝正はしゃがみ込み、大声で呼びかけて母親のからだを揺すった。不安が怒濤《どとう》のごとく湧きあがったのは、ただ昼寝をしているようには見えなかったからだ。

実際、どれだけ呼んでも揺すっても、昌江は起きなかった。

(たしか脳梗塞《こうそく》で倒れたときも、こんなふうに鼾をかくんじゃ――)

思い出し、頰が引きつるように震える。顔から血の気が引くのがわかった。

「で、電話……一一九番!」

輝正は居間にあった電話を取り、震える指で番号をプッシュした。

2

救急車は十分も経たずに到着した。

肥満気味の昌江を、救急隊員が三人がかりで担架《たんか》に乗せて運び出す。輝正も同乗して、市の総合病院へと向かった。

「藤井さん！　藤井昌江さんッ!!」

応急処置をしながら、救急隊員のひとりが大声で呼びかける。しかし、鼾こそしなくなったが、昌江は瞼《まぶた》を開かなかった。

脇のシートに腰かけ、やけに青白い母親の顔を見つめながら、輝正はずっと放心状態であった。いったい何が起こっているのか、考えようとしても少しもまとまらない。坐っていることもつらく、膝《ひざ》から下がずっと麻痺《まひ》したみたいになっていた。

途中、昌江が寝ぼけたように、体側にあった手を持ちあげた。宙を引っ掻くような動きを示したそれを、輝正は夢中で握った。

久しぶりに触れた母の手は柔らかく、けれどやけに冷たかった。

昌江がようやく意識を取り戻したのは、病院について頭部のレントゲン撮影を終えてからであった。

「藤井さん、聞こえますか!?」

小太りの看護師の呼びかけに、彼女が「はい……」と掠《かす》れ声で答える。輝正は安堵《あんど》して、その場にくたくたと坐り込んでしまうところであった。

「特に脳の異状は見られませんね。血圧は若干高いですけれど、手足の麻痺もないようですし」

救急担当の医師がレントゲン写真を凝視して言う。てっきり脳梗塞か何かだと思っていた輝正は、この言葉にもホッとした。

「ただ、これは簡易検査ですので、もっと詳しく調べる必要があります。お母さんが意識を失っておられたのは間違いないわけですから、CTや、必要があればMRIなどで、考え得るところをすべて検査しましょう。まあ、意識が戻られたので、とりあえずだいじょうぶですよ。あまりご心配なさらないように」

元気づけるように笑顔を見せてくれた医師に、輝正は深々と頭を下げた。

「ありがとうございます。よろしくお願いします」

そのとき、昌江が譫言《うわごと》のように「ばあちゃん……」とつぶやいた。それで輝正も、祖母を家に残してきたことを思い出した。

「ばあちゃん?」

医師が首をひねる。

「あの、家に祖母がおりまして、それを心配しているんだと思います」

「おばあさんはおいくつなんですか?」

「ええと、八十七歳です」

「おひとりでだいじょうぶなんですか？」

「いえ、ひとりで歩くのはちょっと……目も見えづらいと聞いています」

「誰か世話をしてくれる方は？」

「いえ、誰も」

「では、すぐに帰られたほうがいいですね。お母さんはこのまま入院していただきますので、おばあさんのほうが心配ないようでしたら、また明日おいでください。それで、入院に必要なものは——あ、松島《まつしま》さん」

「はい」

呼ばれた小太りの看護師が返事をする。

「藤井さんに、入院に必要なものを説明してあげてください」

「わかりました。では、こちらに来ていただけますか？」

「あ、はい」

看護師のあとに続いて、輝正は救急処置室を出た。

ナースステーションで入院手続きの書類や、必要なものなどが書かれたリーフレットを渡される。詳しく説明を受けてから病院を出れば、外はすでに薄暗くなっていた。

（ばあちゃん、ひとりでだいじょうぶかな……）

不安を覚え、輝正はタクシーで家に戻った。

祖母のチヅは、白内障のため目はだいぶ悪くなっていたが、ほんの一ヶ月前までは食事もトイレもひとりでできていたという。それが急速に足腰が弱り、近ごろでは手を貸さないとトイレまで行けなくなったと、母親から電話で聞かされていた。

昌江が何時ぐらいに意識を失ったのかわからない。輝正が帰る直前だったらまだいいが、それより以前、たとえば昼前からすでにそうなっていたとしたら、その間チヅは何も食べず、トイレにも行ってないことになる。

お腹が空《す》き、あるいはトイレに行きたくなって昌江を呼んでも、家には誰もいないのだ。そうなればチヅは、無理をしてでもベッドから抜け出すだろう。

目も満足に見えず、歩くことも覚束《おぼつか》ないままどこかにぶつかったり、転んだりしたら大変だ。骨折でもしたら、それこそ完全な寝たきりになるだろう。

（頼むからじっとしててくれよ）

祈りながらタクシーを降り、輝正は家に駆け込んだ。

「ばあちゃんっ！」

靴を脱ぎながら大声で呼ぶ。けれど返事はない。

（まさか——）

嫌な予感が胸をよぎる。居間に入れば、祖母の部屋である奥の和室へ続く引き戸が開いていた。焦《あせ》ってそこを覗《のぞ》き込めば、暗い部屋の真ん中に置かれたベッドは掛布団が乱れ、もぬけの殻《から》であった。

（やっぱり……）

心臓がバクバクと音をたてる。輝正は踵《きびす》を返し、廊下を挟んで居間の向かいにあるトイレに向かった。ドアを開けたものの、そこにもチヅの姿はない。

「どこだ……？」

つぶやいたとき、

ドンッ‼

家の奥から、何かを叩くような音が鳴り響いた。

（ばあちゃん⁉）

輝正は泡食ってそちらに足を進めた。廊下の突き当たりは台所で、けれどそこにも誰もいない。念のため食卓の下も覗き込んだが同じことだった。

すると、また、

バン、バンッ！

苛立ったふうに音が響く。板戸を叩いている音だとわかり、ようやくそれがどこからか悟る。

（座敷か――）

居間と台所のあいだに、仏壇の置かれた座敷がある。居間と座敷は板戸で仕切られ、居間側にサイドボードなどがあるため普段は開かないように固定されているが、和室と座敷は襖《ふすま》を介して行き来できるようになっていた。

台所を出て座敷の障子戸を開けると、果たしてチヅがいた。居間との境にある板戸にしがみつき、手のひらで叩いている。おそらくトイレに行こうとして、どこにいるのかわからなくなったのだろう。

理解しつつも室内が暗いせいもあり、それは狂気じみた異様な光景に映った。

三年前よりさらに小さくなって見える祖母は、着古した灰色のワンピースをまとっている。見慣れた服装だが、背中が丸まっているせいで全体にちんまりとして、まるで小人か座敷わらしのようだ。

「ばあちゃんっ！」

呼びかけてもふり返らない。耳もかなり遠くなっているらしい。こんなに老いぼれてしまったのかと思うと、無性に瞼の裏が熱くなった。

輝正は座敷の明かりをつけると、チヅの背後に歩み寄った。

「どうしたんだよ、ばあちゃん!?」

肩に手を置き、耳元で大声を出すと、ようやく彼女はこちらをふり仰いだ。シワの多い瞼の下からかろうじて覗く目は、瞳の部分が白く濁っている。白内障がかなり進んでいるようだ。

「おれぁ、便所に行きてぇんだや」

チヅがしゃがれ声で訴える。声をかけてきたのが孫だとはわからない様子で、誰だというふうに訝《いぶか》る顔つきを見せた。それでも、輝正が「こっちだよ」と告げて手を取ると、素直に従う。

祖母の手は骨ばって、シワだらけであった。皮膚も乾いて油紙のよう。米寿間近だし仕方がないとはいえ、輝正はやり切れなさを覚えた。

チヅの両手を引いて、輝正はゆっくりと後ずさった。ヨチヨチ歩きの赤ん坊を導くようで、それにも胸が詰まる思いがした。

家自体は古いが内部を改装して、トイレは洋式の水洗になっている。ただ、もとが和式だったから、かなり狭い。チヅを中に入れるのも簡単ではなかった。

それでも便器の前に立たせると、チヅは自分でワンピースの裾《すそ》をたくし上げ、下穿《ば》きも下ろした。それは大人用の紙パンツであった。

チヅが便座に腰をおろしたのを確認して、輝正はドアをそっと閉めた。いくら年寄りで肉親でも、女性が用を足しているところを見るのは失礼だと思ったのだ。

いや、正直なところ、見たくないというのが本音であったろう。

(この家に、母さんはばあちゃんとふたりっきりでいたのか……)

静まり返った家の中を見回し、輝正は怖いぐらいの寂寥感《せきりょうかん》を覚えた。

このあたりの家は、ほとんどが老人だけの世帯だ。べつに我が家だけがそうなのではない。けれど、それでいいのだろうかという自責の念が拭《ぬぐ》い去れなかった。

(やっぱりおれがここに住むべきなんだろうか)

一人息子として、その義務があるように思えてならない。母が心配するなと言ってくれたのをいいことに、甘えていたのではないだろうか。

(おれがここにいれば、母さんだって倒れずにすんだかもしれないんだ)

高血圧の持病に加え、介護疲れが今回の原因になったのかもしれない。だとすれば、何もしないでいた自分にも責任がある。

だが、今さら東京での生活を捨てることもできそうになかった。そもそも近所付き合いの面倒なしきたりや、年寄りばかりの古臭い街並みが嫌だから出ていったのだ。戻ったところで、ここの暮らしに馴染める自信などない。

いったいどうすればいいのだろう。考え込んだところで、ゴツッと何かがぶつかる鈍い音がした。トイレの中からだ。

「あ——」

輝正は焦ってドアを開けた。チヅが倒れたのではないかと思ったのだ。

幸いにも祖母は立っていた。だが、前のめりになり、壁におでこをくっつけている。手には毟《むし》られたトイレットペーパーが握られており、股間を拭おうとして自身を支えきれなかったのだとわかった。

「だいじょうぶかい？」

輝正はチヅを助け起こし、ちゃんと立たせた。ぶつけたおでこがわずかに赤くなっていたが、本人は何事もなかったかのように、ペーパーを握った手をスカートの内側に差し入れようとする。

（痛くないのか？）

心配になったものの、とりあえず倒れないように支えた。

どうせ紙パンツを穿くのだから、いちいち拭かなくてもいいのではないか。けれど、チツは律義《りちぎ》に後始末をする。いくら年をとっても女なのだなと、輝正は敬服した。

トイレから出し、部屋に連れていこうとすると、

「おめぇ、誰やぁ」

そこで初めてチヅに訊《たず》ねられた。

「おれだよ。輝正」

また耳元で声を張りあげたが、彼女は怪訝《けげん》なふうに首をかしげた。

「てるまさ?」

孫の名前も忘れるほどボケているのだろうか。やるせない悲しみを覚える。

「そう、輝正。ばあちゃんの孫だよ」

「孫っちゅうと」

「昌江の子供だよ」

それでようやく納得したようで、チヅは「ああ」とうなずいた。

「おめぇ、いつ帰ってきたのん?」

「今日だよ」

「ああ、そうか。昌江はどうしたさ?」

「用事があって出かけたんだ。だから、おれが代わりに来たんだよ」

心配させないほうがいいだろうと、輝正は本当のことを言わずにおいた。軽度の認知症らしいから、誤魔化せると思ったのだ。

「そいのんか。ご苦労だったなあ」

案《あん》の定《じょう》、彼女は少しも怪しんでいないようだ。

「ばあちゃんは、目が全然見えないのか?」

「明るいとこならちったぁ見えるけも、まあ、ほとんど見えんなあ」

答えてから、チヅは自分の手を引いてくれる孫の顔を見あげた。

「おめぇの顔も見えんなあ」

寂しそうに言ってため息をつく。

チヅが白内障だとわかったのは、だいぶ前のことだ。医者から手術を勧められたものの、彼女は断った。

『そのんおそんげえ（恐ろしい）ことはしとぅねえ』

というのが理由のひとつで、もうひとつは、

『先もなごうねえし、手術でもせんでもいいわさ』

というものであった。はっきりと言ったわけではないが、手術の費用などで家に負担をかけたくなかったのもあったらしい。

部屋まで連れていってベッドに寝かせると、

「わぁりいな。ありがとうや」

チヅは儀礼的ではない感謝を述べた。

「ばあちゃん、何かほしいものあるか？」

訊ねると、少し間を置いてから答える。

「おれぁ、腹へったな」

「わかった。すぐに夕飯を作るから。ばあちゃんは休んでな」

告げると、また「わぁりいな」と言う。それから目を閉じて、安心したように大きなあくびをした。トイレに行って人心地がついたのだろう。口の中には歯が一本も無かった。

チヅが掛布団をかぶってからだを丸めたのを確認してから、輝正は台所へ向かった。

料理は得意というほどではないが、ずっと自炊をしていたし、基本的なものなら作れる。冷蔵庫を開けたところ野菜や魚など、三日分ぐらいの食材があった。

（だけど、ばあちゃんは何を食べるんだ？）

輝正は考え込んだ。

三年前に帰省したときから、チヅは入れ歯を使っていなかった。煮物などの軟らかいものの他、主食もご飯ではなく、食パンを汁物にひたして食べていたはず。だが、食パンの買い置きはないようである。

（そうすると、お粥《かゆ》のほうがいいのかな）

しかし、おかずはどんなものを作ればいいのだろうか。いや、考えなければならないのは、そんなことだけではない。

（これからは、おれがばあちゃんの面倒をみなくちゃならないんだよな……食事だけじゃなくて、トイレや着替えも。あ、風呂はどうするんだろう）

会社には事情を説明して、しばらく休暇をもらわねばなるまい。それはいいとして、本当に祖母の世話などできるのだろうか。

不安が波となって押し寄せる。途方に暮れ、泣きたくなったとき、玄関の戸が開く音がした。

「ごめんください」

女性の声だ。輝正は「はーい」と返事をし、流し台の前を離れた。

急いで玄関に出てみれば、三和土にいたのは三十前後と思《おぼ》しき女性だった。どこかであったような気がするが、名前が出てこない。

「あの……どちら様でしょうか？」

怖《お》ず怖ずと訊ねれば、彼女は意外だという顔をした。

「わからない？　わたし、隣の鮎川《あゆかわ》だけど」

言われて、やっと思い出す。

「え、杉菜《すぎな》姉ちゃん⁉」

つい素《す》っ頓狂《とんきょう》な声をあげてしまったところ、彼女——鮎川杉菜は「ご名答」と答え、あでやかに微笑《ほほえ》んだ。

3

何度かチヅの世話をしたことがあるという杉菜が、夕飯の支度をすべてやってくれた。

「おばあちゃんは歯がなくても、だいたいのものは食べられるのよ。わたしもびっくりしたけど。ただ、軟らかくても嚙《か》み切れないものや、喉《のど》に詰まるものはもちろん駄目だけれどね」

てきぱきと動き、あっという間に煮物や味噌汁、ジャーに残っていたご飯でお粥をこしらえた。

「ばあちゃんは、やっぱり普通のご飯は食べられないんですか？」

「炊きたての軟らかいものならだいじょうぶだって、おばさんは言ってたわね。ただ、おばあちゃんがいちばん好きなのは、食パンをお味噌汁にひたしたものだそうよ」

「ええ、前に帰ったときも、そうやって食べてました」

「買い置きがないみたいだから、食パンを買っておいたほうがいいわね」

「そうします」

杉菜はお隣の鮎川家の娘で、輝正の三つ年上だ。小さい頃は一緒に遊び、「杉菜姉ちゃん」と呼んで慕《した》っていた。

そのころの面影も残ってはいるが、まったくの別人だと言われても納得できる程度のものである。何しろ思春期以降はぱったりと交流がなくなり、輝正が大学に進んでからは滅多に帰らなかったこともあって、ほとんど顔を見なかったのではないか。

だから輝正には、少女の頃の彼女のみが強く印象づけられていた。それがいきなり三十過ぎの大人の女性として現れたものだから、面喰らったのだ。

ただ、笑ったときにカマボコ型の目がびっくりするぐらい細まるのと、頬骨のところがふっくらと盛りあがるのは昔のままだ。そのせいで、笑顔は年齢を感じさせないあどけなさがあった。

それでいて、三十一歳の女盛りの肉体は、かつてはあるはずもなかった色気を湛《たた》えている。トレーナーにジーンズというラフな格好ながら、ぴったりしたボトムのせいで肉づき加減がよくわかる下半身など、見ていて悩ましさを覚える。料理をする杉菜を手伝いながら、輝正は何度も魅惑のヒップラインに視線を注いだ。

（あ、そう言えば、父さんの葬式でも会ってたんだ）

あのときはバタバタして、ろくに言葉を交わすこともなかった。懐かしいと感じる余裕もなく顔もすぐに見忘れ、だからさっきも杉菜であることがわからなかったのだ。喪服と普段着で印象が異なっていたせいもあるかもしれない。

昼間、彼女は出かけていて留守だったという。帰ってきてから両親に、昌江が運ばれた話を聞かされたそうだ。

救急車に乗り込んだとき、近所のひとが何人か外に出て、こちらを見ていたのに輝正も気がついていた。ただ、とにかく焦っていたし、チヅがいるのも忘れていたから、後のことを誰にも頼まなかったのだ。

けれど輝正が帰ってきたことを知った杉菜は、男ひとりでは大変だろうと、こうしてわざわざ訪ねてくれたのである。

訊かれるままに母親の容体《ようだい》を説明すると、彼女はうなずきながら耳を傾けてくれた。

「そう……大変だったわね。ご苦労さま」

ねぎらいの言葉をかけられるなり、輝正は不安がすっと消え去るのを覚えた。それまでずっと緊張状態にあったのが、一気に解消されたようだ。

　そして、杉菜の優しさに、危うく涙をこぼしそうになる。

　近所付き合いなど、ただ煩《わずら》わしいだけと思っていた。だが、こうして困ったときに助けてもらえると、やはりなくてはならないものだという気持ちになる。

　チヅを起こして食卓まで連れてくるとき、どうやって手を貸せばいいのか杉菜は手本を示してくれた。一緒に食べながら、食事のときに注意することも説明してくれる。

「食器はおばあちゃんの前に、いつも同じ場所に置くようにするの。そうすればちゃんとひとりで食べられるから。時間はたしかにかかるけど、終わるまで待ってあげてね。あと、食べやすいように、お皿はなるべく浅いものを使って。おばあちゃんは好き嫌いがないから、輝正君が作るものもちゃんと食べてくれると思うわよ」

「わかりました。何とかやってみます。それで、食事のほうはどうにかなりそうなんですけど、お風呂はどうすればいいんですか?」

「デイサービスで入浴もお願いしているそうだから、家では入らなくていいはずだけど」

「え?　でも、デイサービスって週に一回だったんじゃ」

「脚の具合が悪くなってから、週三回になったわよ。月水金で、入浴は月曜日と金曜日だって聞いたわ」

家族である自分が知らないことまで、杉菜はちゃんと知っている。少しも実家を顧《かえり》みなかったことに改めて気づかされ、輝正は肩身が狭かった。

「おばさんもパートの仕事を辞めるわけにいかないし、かと言って動けないおばあちゃんをひとりにしておくわけにもいかないから、デイサービスを増やしてもらったそうよ。その曜日以外でどうしても休めないときは、わたしとかウチのお母さんにおばあちゃんのことを頼んでいたの。だからわたしも色々と知ってたのよ」

「お世話をおかけしました。そうすると、今日は木曜日だから、明日もばあちゃんはデイサービスに行くんですね」

「ええ。朝八時半に施設の車が迎えに来るわ」

「何か持たせるものとかあるんでしょうか」

「それは後でね。おばあちゃんの着替えのこととかもあるから」

「はい、お願いします」

夕食後、チヅがトイレに行きたいと言ったので連れてゆく。そのときもどうやって支えればいいのか、杉菜は寄り添って教えてくれた。

（……いい匂いだ）

年上の女性が漂わせる香りに、輝正は思わず鼻を蠢《うごめ》かせた。見えてもいない柔肌が自然と脳裏に浮かぶような、甘ったるくもなまめかしい匂い。

チヅがいなかったら、衝動的に抱きついていたかもしれない。何しろ執筆に没頭するあまり、ずっと女っ気のない生活を送っていたのだ。

和室のベッドに寝かされたチヅは、すぐに寝息をたてだした。その横で、輝正は杉菜からあれこれ教えられた。

「おばあちゃんの服は、箪笥《たんす》のここに入ってるわ。下着類はこの下。あと、紙パンツはその棚ね」

「わかりました」

「それで着替えなんだけど、シャツはデイサービスの入浴があるときに持たせてあげれば、向こうでやってくれるわ。あと、紙パンツは毎回二枚持たせるの。この手提《さ》げに入れて、迎えが来たときに付き添いのひとに渡せばいいから。あと、連絡用のファイルも」

「はい。これですね」

「それから、トイレに連れていったときに確認して、もしもパンツが汚れているようだったら、そこで取り替えてあげて。便座に坐ったままなら楽にできるわよ。服やスカートは汚れたときに着替えさせればいいし、そのときもなるべく本人が脱ぎ着できるように、手を貸すのは最小限ね。急がせないように、常に余裕を持って行動することが大事よ」

「はい。わかりました」

その他、日々の暮らしの中で気をつけること、たまにはチヅを車椅子に乗せて散歩に連れていくと喜ぶといったことを教えてもらった。

そう難しいことはなさそうで、これなら自分にもできるだろう。輝正はようやく気が休まる心地がした。

「とりあえずはこんなところかしら。じゃ、お茶でも淹《い》れるわね」

杉菜の言葉に、つい「すみません」と答えたものの、ここが自分の家であることを思い出す。

「あ、いえ。それはおれが――」

「輝正君は休んでなさい。東京から戻ったばかりなのにどたばたして、疲れてるだろうから。それに、勝手知ったる他人の家だもの」

悪戯《いたずら》っぽく微笑んだ杉菜に、輝正はもう一度「すみません」と頭をさげた。疲れていたのはたしかで、ひと仕事終えて気が抜けたようになっていた。

居間に移ると、輝正はお言葉に甘えて卓袱台脇の座布団に坐り、テレビを点《つ》けることもなくボーッとしていた。何か考えようとしても、とりとめもなくあれこれ浮かんでくるだけで、少しもまとまりそうになかった。

間もなく、杉菜が急須と湯呑みを載せたお盆を持ってくる。丸い卓袱台の、向かいではなく斜めの位置に膝をついた。

「ところで、仕事のほうはいいの？」

ポットのお湯を急須に注ぎながら、杉菜が訊ねる。

「あした会社に電話して、休暇をもらいます。こういう状況ですから、駄目だとは言わないでしょうし」

「そうね。あと、介護休暇っていうのもあるんじゃなかったかしら。もしとれるようなら、そっちでお願いしたらどう？」

「あ、そうですね。担当に確認してみます」

「でも、輝正君が帰ってきてくれて、おばさんも命拾いしたわね。もしも倒れたままで誰にも気づかれなかったら、どうなってたかわからないじゃない」

「たしかにそうですね。おれはびっくりしましたけど、とりあえず大事には至らなくてよかったです」

「本当よ。だけど、どうしてこんなときに帰ってきたの？」

小首を傾げた杉菜に、輝正は帰郷の目的を話そうかどうしようか迷った。何となく照れくさかったのだ。

けれど、ここまでしてくれたのだからお礼の意味も込めてと、居間に置きっぱなしだったバッグから処女作を取り出す。

「実は、これを持ってきたんです」

手渡された本に、杉菜はきょとんとした顔を見せた。だが、お茶を淹れた湯呑みを輝正の前に置いてから、「あ――」と声をあげる。

「ひょっとしてこれ、輝正君の本なの⁉」

ペンネームは本名とまったく違っていたのだが、よっぽど勘がいいのか、彼女にはわかったらしい。

「そうなんです。初めての本がようやく出せることになったので、母さんやばあちゃんに報告しようと思って」

「すごいわねえ。おばさん、きっと喜ぶわよ。病気なんかふっ飛んじゃうぐらいに」

「だといいんですけど」

「そうに決まってるわよ。でも、この町内から小説家が誕生するなんてすごいわ。しかもわたしのお隣さんだなんて信じられない。本当におめでとう。よかったわね」

「ありがとうございます」

我が事のように喜ぶ杉菜に、輝正は赤面することしきりであった。

「輝正君、中学に入る前ぐらいから、ずっと本ばかり読んでたもんね。あの頃から小説家になりたいって考えてたの？」

「いえ、そのときはまだ……でも、どうして杉菜姉ちゃん、おれが本を読んでたことを知ってるんですか？」

学年が三つ離れているから、彼女が小学校を卒業したあとは、ほとんど接点がなかったのだ。いくらお隣でも年上の女の子と交流を持てるほど、輝正はマセていなかった。

「だって、そのせいでわたしと遊んでくれなくなったんじゃなかったの？」

「え？」

どういうことかと、輝正は耳を疑った。そろそろ男女の違いを意識しだす年頃だから、その頃にはもう杉菜と遊ぶことなどなかったはずだ。

けれど、彼女は思わせぶりに唇の端を持ちあげている。大人の女を感じさせる艶《つや》っぽい笑みに、輝正はどぎまぎした。今になってふたりっきりであることを意識し、妙に落ちつかなくなる。よく知っているお隣さんなのに。

そんな焦りを悟られぬよう、話題を変える。

「そう言えば、旦那さんはお元気ですか？」

父の輝義が亡くなる二ヶ月ほど前か、杉菜は婿を迎えたのだ。仕事があって輝正は結婚式に出られなかったが、父の葬儀に夫婦で参列してくれたのを思い出した。

ところが、輝正の質問に、

「さあ、どうかしら?」

わずかに眉をひそめた杉菜が、興味なさそうに答える。

「どうかしらって?」

「だって、もうずっと会ってないもの。別れたから」

さらりと言われたことを、しかし聞き流すことなどできなかった。

「い、いつですか!?」

「二年前かしら。三年目の浮気じゃないけど、アイツってば他に女をつくったのよ。だから即離婚したの」

訊いてないことまでペラペラと話す杉菜は、もう完全にふっ切れている様子だ。未練などかけらもなさそうで、だから輝正にも躊躇なく打ち明けたのだろう。

たまに電話をかけてきた母親は、近所のことなど、聞きたくもないことまでいちいち報告していた。輝正には鬱陶《うっとう》しいだけだったが、杉菜の離婚に関しては何も言わなかったはず。離婚の原因が原因だから、話すことがはばかられたのかもしれない。

ともあれ、こういうときに何をどう言えばいいのかわからず、輝正は頭の中が真っ白になった。

「あ、そ、そうだったんですか。ひどい話ですね」

「ひどい？」

予期せずポロリとこぼれた本音を、彼女は誤解して受けとめたのかもしれない。

「あ、いや、杉菜姉ちゃんみたいに素敵な奥さんがいるのに浮気するなんて、ひどい話だなと思って」

慌てて言い直すと、杉菜はちょっと驚いたみたいに目を見開いた。

「あら、ありがと」

礼を述べてから急に照れくさくなったらしく、不自然に目を逸《そ》らす。視線を泳がせ、チラチラとこちらに流し目を送った。

そんな態度をとられては、輝正のほうも落ち着かない。目を伏せて湯呑みを手にとり、お茶をひと口ゴクリと飲む。

と、杉菜が興味深げに瞳を輝かせ、身を乗り出してきた。

「そう言う輝正君はどうなの？」

「え？」

「東京に可愛い彼女がいるんじゃないの？」

「そ、そんなのいません。仕事と執筆が忙しくて、全然ヒマがなかったんですから」

「なあんだ」

がっかりした顔を見せられ、輝正は居たたまれなくなった。いい年をして彼女もいない情けない男だと、蔑《さげす》まれた気がしたのだ。

大学時代には文芸サークルの後輩と付き合ったし、就職した最初の一年は、彼女と呼べる存在がいた。どちらとも肉体関係があったものの、以来まったくのフリーであるのは事実。

「じゃあ、輝正君もわたしと同じで、寂しいんだね」

杉菜のこの決めつけに「え?」となる。彼女がいないから寂しいなんて感じたことがなかったのもそうだが、

(つまり、杉菜姉ちゃんは寂しいってことなんだよな……)

離婚など大したことではないというふうに振る舞っていた。しかし、パートナーのいない生活が決して平気ではなかったのだ。

そしてそれは、こういう閉塞的な街に住んでいることと無縁ではないかもしれない。

輝正は杉菜をじっと見つめた。彼女も見つめ返し、そのまま動くことなく時が過ぎる。交わりあった視線はまったく離れない。

間もなく、どちらからともなくにじり寄ったふたりが抱擁《ほうよう》するまでのあいだ、言葉は一切発せられなかった。

4

輝正が我に返ったのは、杉菜と唇を交わしたあとであった。

(何をやっているんだろう、おれ……)

程よく湿《しめ》り、ふにっとした唇。流れ込むぬるくて甘酸《あまず》っぱい吐息。それから、腕の中の柔らかな女体。

輝正は目のくらむ官能にどっぷりとひたり、杉菜の舌に自らのものを戯《たわむ》れさせていた。

「ン……んふ」

かつて人妻だった年上の女が、せわしなく小鼻をふくらませる。ぴちゃッと音がたつほどに舌を躍らせ、久しぶりのキスに無我夢中というふう。

輝正は戸惑いを覚えつつも、杉菜の背中を撫で回した。トレーナー越しに肌のぬくみと柔らかさが伝わってくる。袋に入れた搗《つ》き立てのお餅をさわっているような感触だ。

熟《う》れたボディが漂わせる牝臭が、すっぱみを帯びてくる。体温も上がっているようだから、汗ばんだのかもしれない。

「ふはぁ……」

唇をはずした杉菜が肩を落とし、大きく息を吐き出す。それから、濡れた瞳で見つめてきた。

「ね、いい?」

囁《ささや》くような問いかけ。何の許可を求めているのか、輝正はすぐにはわからなかった。

だが、彼女の手が股間に触れたことで、ようやく肉体の繋がりを求めているのだと悟る。

「むう……」

ズボン越しに高まりを捉《とら》えた指が、忙しく這い回る。快さが水に垂らしたインクのように広がり、それでようやく、輝正は分身が強ばりきっていたことを知った。

「大きくなってるわ……」

つぶやいた杉菜が、嬉しそうに白い歯をこぼす。三十路《みそじ》過ぎの熟女とは思えない愛らしい微笑に、胸が締めつけられるほどときめいた。

「杉菜姉ちゃん――」

思わず呼びかけると、彼女はちょっと不機嫌そうに眉をひそめた。

「ね、今はその『姉ちゃん』っていうの、やめてくれない?」

「え？」

「何だか年寄り扱いされてる気がするもの。それに、今のわたしたちは、対等な男と女の関係なんだからね」

杉菜を年寄り扱いするつもりはない。むしろ親愛の表れであった。

そんなことよりも、輝正は「男と女」という言葉にドキッとさせられた。これから男女の行為に至るのだと意識させられたせいだ。

（おれが杉菜姉ちゃんと――？）

今は恋人がいなくても、セックスの経験はそこそこある。しかし、こんなふうに状況に流されてということはない。杉菜のことは子供のころから知っているはずなのに、見知らぬ女性と行きずりの関係を結ぶような、一種荒《すさ》んだ心持ちになった。

それでも、愛撫されればペニスは反応を示す。切ない悦びにまみれ、雄々《おお》しくしゃくりあげた。

「だったら、どう呼べばいいの？」

「普通でいいわよ」

「普通って……杉菜、さん？」

「んー。ま、そんなとこでいいわ」

仕方ないかという顔をしたあと、

「輝正君、もう大人なのね。こんなに立派になって」

ズボン越しに肉棹をさすりながら、杉菜が懐かしむ眼差しを浮かべる。輝正は（あれ?）と訝った。

（何だか、前にもおれのを見たことがあるみたいな口ぶりだぞ）

けれど、そんな記憶はない。まあ、お隣さんだから、小さい頃に一緒に風呂ぐらい入ったかもしれないが。

だとしても、二十代も終わりに近い男を大人呼ばわりするのも奇妙な話だ。杉菜の中では、自分はまだ年下の少年なのだろうか。

その時、フラッシュバックのように過去の記憶が蘇る。それが何か見極めようとしたものの、彼女が次にとった行動に気をとられ、すぐに忘れてしまった。

杉菜がファスナーをおろし、ズボンの前を開く。前を大きく盛りあげたトランクスがあらわになった。

「わたしのもさわっていいわよ」

頬を赤らめた彼女の言葉が、エコーを伴って鼓膜《こまく》を震わせる。輝正は息を呑み、背中を撫でていた手を反射的に離した。

（さわるって……どこを？）

おあいことという意味なら、下半身になるだろう。けれど、いきなりそんなところに触れるのはためらわれた。

迷った挙げ句、輝正はトレーナーの裾から手を差し入れた。中にシャツは着ておらず、素肌に触れた指が官能的な悩ましさを帯びる。

（素敵だ――）

なめらかな肌はしっとりと潤《うるお》い、まさに吸いつくよう。心を躍らせながら奥へと進めば、背中の中央あたりはさらに湿った感じがあった。やはり汗をかいたのだ。

「あん……」

杉菜がくすぐったそうに身をよじる。それでも肌を撫でられるのは快いらしく、輝正が手を動かすと吐息をはずませた。対抗するように、男の下半身を脱がせにかかる。

（杉菜姉ちゃんに見られる――）

勃起したシンボルを晒《さら》すことに、無性に恥ずかしさを覚える。なぜだかいけないことをするような気分にも陥った。

しかし、同時に狂おしいまでの期待にもまみれる。

「あうう」

あらわになった牡《おす》の猛《たけ》りを直《じか》に握られ、輝正は喜悦の呻《うめ》きをこぼした。

大人の女性だということを強く思い知らされる、温かく柔らかな手。まさに包み込まれる感触だ。

(――気持ちいい)

鼠蹊部《そけいぶ》付近がジンジンと痺《しび》れるような快感が生じる。同時に、申し訳ないという感情が湧きあがった。

(いいんだろうか、杉菜姉ちゃんにこんなことをさせて……)

相手は無垢《むく》な少女ではない。にもかかわらず罪悪感を覚えた。夫とはすでに別れているから、不貞の行為というわけでもないのに。

「硬いわ。鉄みたい」

杉菜のほうは何のわだかまりも感じないらしく、筒肉にまわした指に強弱をつける。さらに全体の長さや反《そ》り具合、雁首の段差を測るように指頭でなぞり、身悶えしたくなる快感を与えてくれた。

そこまでされているのだからと、輝正もトレーナーの中の手を移動させる。前側に移り、堅固な下着に包まれた乳房をまさぐった。

(けっこう大きいんだな)

　そう言えば、中学ぐらいからはっきりとわかるほどに、制服の胸もとを盛りあげていた気がする。今日はダボッとしたトレーナーを着ていたから、そのことをすっかり忘れていたのだ。

　直に触れたいけれど、たわわなふくらみをすっぽり包むブラジャーをずらすのは難しそうだ。やはりホックをはずさねばならないかと思ったとき、

「真ん中よ」

　杉菜が熱っぽい吐息とともに囁く。すぐにはその意味が理解できなかったが、ひょっとしたらとカップとカップのあいだに触れてみると、何やら硬いものがあった。

（そうか、フロントホックだ）

　二本の指で摘《つ》まむなり、そこがあっ気なくはずれる。

　たふん――。

　トレーナーの中で、乳房がはずんだのがわかった。下から持ちあげるように触れてみれば、予想以上にずっしりと重い。そして、指が易々とめり込むほどに軟らかだ。

（ああ、すごい）

　手に余る巨乳をたぷたぷと上下に揺らせば、重量感がいっそうはっきりする。

「もう……」

杉菜がやるせなさげに喘ぎ、手にした勃起をゆるゆるとしごいた。

「あ――むぅうう」

女性の手でされるのは、なんと快いのだろう。改めて思い知らされる巧みな愛撫。腰がブルッと震え、息が荒ぶるのをどうすることもできない。

(杉菜姉ちゃんがこんなにうまいなんて……)

かつて人妻だったわけであり、それも当然のことか。だが、ついさっきまでごく普通に言葉を交わしていた隣のお姉さんがと思うと、何だか信じられない気がした。

クチュクチュ……。

早くも先走りが溢《あふ》れたか、粘つく音が輝正の耳にも届く。射精欲求が高まり、このまま最後まで導かれたいと強く望んだとき、無情にも手指がはずされた。

(え、そんな――)

杉菜が無言で後ずさる。トレーナーの中に忍ばせていた手を、輝正は慌てて抜いた。

(なんだ、もう終わりなのか)

落胆したものの、そうではなかった。

三十一歳の成熟した女体が、膝をついたまま屈み込む。そそり立つ牡根の真上に顔を伏せ、まさかと思う間もなく亀頭が温かなものに包まれた。

「くううっ」

突然のフェラチオに混乱したものの、敏感な粘膜を這い回る舌にそれどころではなくなる。むず痒《がゆ》さの強い快感に、輝正はのけ反って手足をわななかせた。

（杉菜姉ちゃんがおれのを――）

当然ながら、手でしごかれた以上に驚きが大きい。もちろん悦びも。

「ああ、だ、駄目ですよ」

こんなことをさせていいはずがない。罪悪感を募《つの》らせて訴えても、杉菜は口をはずさなかった。むしろ、いっそう強く吸いたてる。

「うあ、あ――そんな」

ペニスが蕩《とろ》けそうな感覚があった。長い舌がねっとりまつわりついたかと思うと、くびれのあたりでピチャピチャと躍る。

目のくらむような気持ちよさに、輝正は何度も尻の穴をすぼめた。ちょっとでも気を弛《ゆる》めると、たちまち爆発してしまいそうだ。

チュッとひと吸いしてから、杉菜が顔をあげる。唇の端が濡れており、それがやけに色っぽい。

「気持ちいい？」

訊ねられ、輝正はガクガクと首を縦に振った。

「じゃ、もっと気持ちよくなって」

再び屹立が呑み込まれ、チュパチュパとリズミカルに吸引される。だが、杉菜の言葉をどう解釈すべきなのか、輝正は判断に苦しんだ。

(もっと気持ちよくって……)

素直に受けとめれば、このまま射精しろということになる。最後まですることがためわれるから、フェラチオで終末に導いて終わりにするつもりなのだろうか。

それなら輝正も気が楽だ。再会していきなり深い関係になるのは、欲望を抜きにすれば少々気が重かった。杉菜が何を求めているのかわからないものだから、余計に。

しかしながら、単に感じてほしいというだけかもしれない。不用意に爆発したら、それでも男なのかと蔑まれる恐れがある。

どちらにしろ杉菜の口にほとばしらせるつもりはない。昔馴染である隣のお姉さんに、しかも世話になったばかりでそこまでするのは、恩を仇《あだ》で返すようなものだ。

ここは杉菜も気持ちよくしてあげるべきだろう。輝正はうずくまる彼女のトレーナーを大きくたくしあげた。白い背中があらわになり、乳房も露出する。下向きの大きなふくらみを両手で持ち、たぷたぷと揺すった。

「ん……」

屹立を吸いたてながら、彼女が切なげに鼻息をこぼす。陰毛をそよがせるそれに淫靡《いんび》な昂ぶりを感じつつ、輝正は大ぶりな乳首を摘まんだ。最初は軟らかめのグミキャンディーみたいな感触だったが、次第に硬くなって存在感を増す。

「んんぅ」

杉菜が呻き、身をよじる。後ろに突き出したヒップをなまめかしく揺らした。

（よし、感じてるぞ）

年上の女性に快感を与えられたことで、喜びが大きくなる。セックスにはあまり自信がなかったが、やればできるじゃないかという心境になった。

輝正は指の股に硬くふくらんだ突起を挟むと、双房を揉みながら乳頭を刺激した。

「んんっ、う――くううう」

杉菜の喘ぎが顕著になる。あらわになった背中の、肩甲骨が浮きあがった。

対抗するつもりなのか、ペニスに戯れる舌の蠢きがねちっこくなる。敏感な段差の部分をいく度もなぞり、舌を引っかけてピチピチとはじくこともした。

「あ、杉菜……さんっ」

輝正はたまらず呼びかけ、腰を揺すりあげた。それで気をよくしたか、杉菜は筋張ったところに舌をぴったりと押し当て、下から上へねろっ、ねろーっと舐めあげる。まさに絡みつくような舌づかいだ。

「あああ、そ、そんなにしたら——」

こうなると、乳房を愛撫するどころではない。いつの間にか指の股から乳首がはずれたのにも気づかず、輝正は激しく喘いだ。腰回りが気怠《けだる》い快さにまみれ、屹立の根元が甘く痺れてくる。

（……旦那さんのも、こんなふうにしゃぶってあげたんだろうな）

ふとそんなことを考える。ここまでの快感を与えられながら浮気をするとは、何と罰当たりな男なのか。父の葬儀で一度顔を合わせただけで顔も憶えていないが、ひとの善さそうな感じだった気がする。

見おろせば、たくし上げたトレーナーの裾からはみ出したブラジャーは、ベージュの地味なものであった。大きいサイズのものはお洒落《しゃれ》なデザインが少ないという話を聞いたことがあるが、そのためかもしれない。

ただ、地味な下着であるがゆえに、生活臭というか、飾り気のない生々しさを感じる。自分は知り合いである元人妻と、こんな淫らな行為に耽《ふけ》っているのだ。

その自覚と背徳感が、爆発への引き金となった。

「あ、杉菜さん、出ます」

焦って告げたものの、彼女は口をはずさなかった。それどころか射精を誘導するように強く吸われ、硬い肉胴に巻きついた指の輪が忙しく上下する。

(あああ、いく……出る)

固く強ばった陰嚢もすりすりと撫でられ、むず痒さの強い悦楽が忍耐を粉砕した。

「あ、い、いいんですか？　あああ、いく――」

目の奥が絞られる。視界が狭《せば》まるなり、神経を蕩《とろ》かす悦びが体軀《たいく》を駆け巡った。続いて、ペニスの中心を熱いものが貫く。

「ああ、あ、うああ」

声をあげずにいられない快感の襲来に、輝正はのけ反った。無意識のうちに、乳房に指をめり込ませていたのにも気づかず。

ビクッ、びくんッ――。

下半身がどうしようもなくわななく。からだ中の関節がはずれて、全身がバラバラと崩れ落ちるかと思えた。

(すごい……)

意識が朦朧《もうろう》とする。精液と一緒に魂も抜かれたかのようだ。

いつになく長々と続いた射精も、やがて止まった。歓喜が抜け落ちると、代わって倦怠《けんたい》が訪れる。

「はあ、ハァ――」

輝正は息を荒らげ、両手を後ろについてからだを支えた。そうしないと仰向けに寝転がってしまいそうだったのだ。

杉菜がゆっくりと顔をあげる。精液をこぼさないよう、唇をしっかり締めて。それが過敏になった頭部をこすり、ダメ押しの快感に輝正はまた腰をブルッと震わせた。

「んー」

唇を結んだまま、杉菜が眉間に深いシワを刻む。首を反らすと、コクッと喉を鳴らして口内のものを嚥下《えんか》した。

(飲んじゃったのか……?)

オルガスムスの余韻で、頭の中に霞《もや》がかかっている。彼女が何度も唾《つば》を呑み込み、顔を不機嫌そうにしかめる光景も、ひどく現実感がない。

だが、艶っぽく濡れ光る唇の端に、白いものが付着していた。自らが放った欲望液を飲んだのだと、納得しないわけにはいかない。

「すごくたくさん出たわ。溜まってたの?」

なじる口調で言われて、ようやく輝正は我に返った。

「あ、ごめんなさい……おれ——」

謝ろうとして、けれど何をどう言えばいいのかわからなかった。黙り込んでしまうと、杉菜が慰めるように笑みをこぼす。

「べつにいいのよ。わたしが出させちゃったんだから」

それはたしかにその通りで、けれどどうすることもできず発射してしまったのは、男としてだらしがなさすぎる。もうちょっと堪えるべきだった。

「ただ、おっぱいがちょっと痛かったけど」

上体を起こした杉菜が、たわわなふくらみを両手で捧げ持った。大きめの乳暈《にゅううん》はくすんだ紅色。それよりも鮮やかな色合いで、指の痕がいくつもついていた。

「これ、輝正君が強く握ったからよ」

「ご、ごめんなさい。あんまり気持ちよかったから、つい」

「だったら、今度はわたしも気持ちよくしてくれる?」

杉菜が眼差しをきらめかせ、腰を浮かす。ジーンズの前を開くと、艶腰からつるりと剝きおろした。

中に穿いていたのは、面積の小さな黒のパンティだ。ブラジャーと色もデザインも揃っていないから、これも日常に根ざした生々しさを感じさせた。

(ああ、色っぽい)

普通のヌードグラビアでは見られない、リアルなエロティシズムがある。萎《な》えかけた分身も力を取り戻し、たちまち上向きにそそり立った。

それを見て、杉菜が妖艶な笑みを浮かべる。

「元気だわ。やっぱり若いのね」

たしかに二十代と三十代ではあるが、年齢そのものは三つしか違わないのである。なのに若者扱いされるのは、正直くすぐったかった。

ただ、輝正には、杉菜がずっと年上のように感じられたのは確かである。

「だったら、すぐに挿れちゃう?」

ジーンズを膝までおろした元人妻が、慌ただしく黒いパンティにも手をかける。そちらも無造作に引き剝がされ、ナマ白い下腹部に逆毛立つ恥叢があらわになった。

「ほら、後ろからならすぐできるわ」

杉菜はくるりと回れ右をし、大胆にも四つん這いのポーズをとった。丸まるとしたヒップがまともに向けられ、輝正は驚愕と昂奮で何度もまばたきした。

(すごい!)

ジーンズの上からも肉づきのよさが際立っていたが、素の臀部はそれ以上の迫力だった。キツめの衣類に抑え込まれていたものが、自由を得て解き放たれたというふうだ。

こぼれそうにたっぷりした丸みは巨大なパン生地か、それとも搗き立てのお餅か。見るからにモチモチして柔らかそうだ。

艶めく肌は水蜜桃《すいみつとう》のごとく瑞々しい。太腿《ふともも》の付け根付近にわずかなくすみがあるのと、下着の赤い痕がやけにエロチックに映る。

そして、深い裂け目の底には、さらに淫靡な光景があった。

縮《ちぢ》れた秘毛が範囲を広げて萌え盛る。まさに密林という眺め。そのため、中心部分の形状をはっきりと捉えることはできない。

けれど、狭間に見え隠れする濃い肉色が、濡れきらめいているのがわかった。

（濡れてる……）

牡の秘茎を愛撫しながら、その気になっていたということか。させてあげるという態度を示しながら、結合を望んでいるのは彼女のほうかもしれない。

蒸れた甘酸っぱさが漂ってくる。チーズを連想させる成分を含んだそれにも、牡の情動が根っこから揺さぶられるようだ。

「ほら、早く」

杉菜が豊臀をくねらせる。淫らな誘いに分身が勢いよく反り返り、下腹をぺちりと叩いた。

（おれ、本当に杉菜姉ちゃんと——）

そんなことをしていいのだろうかと迷いつつも、輝正は膝立ちになって進んだ。天井を向いたペニスを前に傾け、牝《めす》の狭間にもぐり込ませる。杉菜がさらに脚を開いた。

絡みあった秘毛が分け目を広げ、恥裂が晒《さら》される。片側だけはみ出した花弁は赤茶けて、淫らな色合いを呈していた。

（ああ、いやらしい……）

女陰からたち昇る酸味臭が強くなる。臀裂が割れて褐色のアヌスも見えていたから、あいだにこもっていた汗の匂いも混じっているのだろう。

成熟した女体が醸すフェロモンに、理性も抗《あらが》う気力も失う。はち切れそうにふくらんだ赤黒い亀頭を、輝正は陰裂にめり込ませた。

「くぅ……」

ヌルミがまといつき、温かさが広がる。疼く分身が快感を欲し、深く侵入しようとしたところで、

「昌江ー、おるかやー!!」

隣の和室から、チヅの声が響いた。それも、かなり切羽詰まったふうな。

（え!?）

輝正はドキッとして腰を引いた。杉菜もはじかれたように立ちあがり、パンティとジーンズを引きあげる。一瞬にして淫らな感情が消え失《う》せたか、素早い動きだった。

「どうしたの、おばあちゃん?」

声をかけて隣室に駆け込む杉菜の後に続きながら、輝正は（もう少しだったのに……）と残念な思いを嚙み締めた。それでいて、あれで終わってよかったのだと、安堵もしていたのである。

第二章　焦《しょう》燥《そう》

1

翌朝、目覚ましのアラームで目を覚ました輝正は、自分がどこにいるのか一瞬わからなくなった。

(……あ、そうか。実家に帰ってたんだ)

チヅからいつ呼ばれるかわからず、居間に蒲団を敷いて寝ていたのである。目覚めて最初に目にした光景が自分の部屋と異なっていたから、混乱したようだ。

まだ完全には醒めきらない頭で、輝正は昨日のことを順繰りに思い返した。倒れていた母、救急車、病院、家に戻ってからの祖母の世話、そして、杉菜に助けられ――。

彼女にフェラチオをされたことまで思い出し、モヤモヤとおかしな気分になる。朝勃ちのペニスがトランクスの中で痛いほど強ばっていた。

昨夜はあわやというところまで行きかけ、けれど中途で終わってしまった。

大声で昌江を呼んだチヅは、杉菜と輝正を相手に、年金や通帳のことをくどくどと述べた。誰に向かって話しているのかも、ちゃんとわかっていなかった様子だ。

『ときどきこういうことがあるみたいよ。ボケっていうほどでもないようだけど、夢と現実がごっちゃになるらしいの』

杉菜がやれやれと肩をすくめた。どうやら預金を勝手に使われる夢でも見たらしい。それでどうなっているのかと、昌江に文句をつけたかったようだ。

とにかく黙って話を聞くしかない、明日には忘れているのだからと杉菜に言われ、それからふたりは三十分もチヅの愚痴に付き合った。

言いたいことだけ言ってすっきりしたのだろう、チヅはそのあとすぐに眠った。だが、杉菜は淫らな気分がすっかり消え失せたようだ。遅くなったこともあり、さっさと帰ってしまった。

夜中、輝正は一度だけチヅに呼ばれた。トイレだった。

そのときの祖母は、手を引いてくれるのが孫だとちゃんと理解しており、『わぁりいのぉ』と何度も頭を下げた。預金がどうのと愚痴ったときとはまるっきり違っていた。

だが、それが彼女の本当の姿なのだ。

性格は穏やかで慎《つつ》ましく、誰に対しても感謝の気持ちを忘れない優しい祖母。お金のことで文句をつけたときの彼女は、それとはまったく別人だった。輝正はショックを受け、だから杉菜が帰るときも、少しも引き止める気になれなかったのだ。

けれど、トイレに連れていってくれる孫に感謝を述べるチヅは、昔のままだった。それが嬉しくて、眠かったが少しも面倒だとは思わなかった。

(年をとれば、ああいうこともあるんだよな……)

木目が様々な模様を描く居間の天井を見あげ、輝正はぼんやりと考えた。

人間は必ず老いるのであり、それは絶対に避けられない。入院した母親にはまた元気になってもらいたいが、十年、二十年と経てば、今の祖母のように日常生活すらままならないことになるのだろう。

もちろん、自分も例外ではない。

まだまだ先のことではある。しかし、目の前に年寄りがいると、老いやその先にある死について、どうしても考えざるを得なくなる。

それが嫌だから、終《つい》のことなど忘れていたいから、この街を出たのかもしれない。

気が滅入りそうになり、輝正は蒲団から出た。食事の用意をして、チヅに食べさせなければならない。デイサービスの送迎車は八時半に来る。あまり悠長にしていられない。

「……よし」

輝正は大きく伸びをすると、台所へ向かった。

チヅを送り出したあと、輝正は会社へ電話をかけた。事情を説明すると、上司の武上《たけがみ》はすぐに休暇を認めてくれた。

『おばあちゃんもお母さんもだなんて、大変だな。あまり無理をするなよ。こっちのほうは心配しなくていいから、戻れる日が決まったら連絡をしてくれ』

仕事に厳しく、怒鳴ることも多かった武上の温かい言葉に、輝正は胸が熱くなった。ひとの優しさがたまらなく嬉しかった。

それから、母親の入院に必要なものを揃えて家を出る。

病院へはバスで向かった。そこそこ混み合った車内で運よく座れたものの、途中の停留所で七十代と思《おぼ》しき夫人が乗ってきたとき、輝正は即座に席を譲った。普段はそんなことは滅多にしないのだが、そうせずにいられなかった。

先にナースステーションに寄り、その後の経過を訊ねる。昌江に異状は見つかっておらず、検査入院の扱いということであった。何らかの病気が見つかった場合は、病棟や病室が変わるかもしれないとも言われた。

昌江の病室は内科病棟の、ふたり部屋であった。

ふたつ並んだベッドの、彼女は入り口側に寝ていた。奥には九十は優に越えているかに見える痩せ細った老女。脇には心拍数や血圧などを監視する機器があり、数値や波形が休むことなくモニターに表示され続ける。

何本ものコードで繋がれた彼女は、鼻にもチューブを入れられていた。それでいて目はしっかりと開き、天井を見つめている。だが、本当に見えているのか、意識があるのかすら定かではない。

痛々しいというよりも、身につまされる光景だった。直視するのがつらく、輝正は目を逸らした。もっとも、母親のほうに視線を移したところで、やり切れなさが薄らぐことはない。

腕に点滴の針を刺された昌江は、どうやら眠っているようだ。昨日は気づかなかったが、頬の肉がたるみ、シワも増えている。年齢相応と言われればそれまでだが、母親の老いを目《ま》の当たりにして、無性に悲しくなった。

実の親子だけあって、昌江はかつてのチヅとよく似ている。それにもまったく微笑ましさを感じない。むしろ年をとったと強く印象づけられた。

（もう隠居してもいいような年なんだよな。それなのに、母さんはひとりでばあちゃんの面倒をみてたんだ）

老々介護の問題について、報道などで目にすることは何度もある。けれど、それは自分の家とは無関係のことのように感じていた。母親が老いているなんて、少しも考えなかったからだ。

いや、本当は気づいていた。ただ目を背けていただけ。

ベッドの脇に、半透明の大きなパックが提げてある。ベッドの中からのびた管が繋がっており、黄色い液体が半分ほど溜まっている。導尿されているのだとわかった。

（トイレもいけないんだな……）

まだ悪いところは見つかっていないというが、こんな状態で本当に元気になれるのか。年も年だから、このまま寝たきりになる可能性だってある。

そのときは、いったいどうすればいいのだろう。他に頼れる身内はいないし、自分が母親と祖母の世話をするしかないのか。だが、仕事は？

最悪の展開ばかりを考え、気が滅入《めい》ってくる。ここから逃げ去りたい衝動にもかられたとき、昌江が瞼《まぶた》を開いた。

「ああ……来てくれたの」

輝正を認め、弱々しい笑みをこぼす。

「具合はどう?」

訊ねると、母親は思い出したように顔をしかめた。

「頭痛がひどくてね。他は特にないけど」

やはり脳に何かあるのではないかと心配になる。出血や血栓は見つかっていないそうだが、詳しく調べれば発見されるのではないか。

「鎮痛剤でももらえば?」

「もらって飲んだけど、あまり効かないんだよ」

「そう……まだ起きられないの?」

「看護婦さんが安静にしてろって言うんだよ。食事もお医者さんの許可が出るまでは無しだって。今は水と点滴だけ」

「ダイエットになっていいんじゃないの? 昨日だって、救急隊員が三人がかりで運んだんだから」

冗談めかしたつもりだったが、やけに弱々しい母親に心が乱れ、口調が厭味《いやみ》っぽくなってしまった。

(前はあんなに元気だったのに……)

明るく気さくで、近所のひとたちを家に招き入れては、向こう三軒両隣まで聞こえるぐらいの大声でおしゃべりに興じていた。あの頃が嘘のようだ。

「そう言えば、看護婦さんに聞いたんだけど、母さんが倒れてたのを輝正が見つけたんだって？」

「え？　あ、ああ」

「ありがとう。輝正が帰ってきてくれなかったら、母さん、そのまま死んでたかもしれないねえ」

「よせよ」

「死」という言葉にドキッとさせられる。そんなことを言うなとばかりに、輝正は母親に説教をした。

「だいたい、血圧が高いのに無理をするから、こういうことになるんだよ。ばあちゃんがデイサービスに通ってるのをいいことに、パートの時間を増やしてるみたいじゃないか。自分のからだなんだから、具合が悪かったら休むなり、医者にかかるなり、もうちょっと考えろよ。あと、体重ももっと減らしたほうがいいぞ。今のままだと、完全にメタボだからな」

言いたいことは他にもある気がしたが、昌江が嬉しそうに聞いていたものだから、それ以上なにも言えなくなった。

「まあ、特に悪いところはなかったみたいだし、これから気をつけてくれよ」

「心配かけて悪かったね……ありがとう」

こんな状況で礼を言われるのは、無性につらかった。

輝正は耐え切れず視線を逸らし、奥のベッドに目を向けた。母親の弱った姿よりは、見ず知らずの重篤《じゅうとく》な老女のほうがまだマシだった。

「そこのおばあちゃん、もう一ヶ月も同じ状態なんだって」

看護婦にでも訊いたのか、昌江が即座に説明する。噂話の好きな彼女らしいが、他人のことを気にしている場合ではないだろうにと腹立たしくなる。

「母さんもこうならないように気をつけろよ」

つい厭味っぽいことを告げてしまい、しまったと後悔する。だが、昌江は少しもめげた様子がなかった。

「わかってるよ。輝正に心配かけないためにも、早く元気にならなくっちゃね」

（おれのことはいいから——）

喉まで出かかった言葉を、輝正は呑み込んだ。自分のことを第一に考えない母親に、またつらく当たってしまいそうな気がしたからだ。

「ああ、そうだ。ばあちゃんは？」

「元気だよ。今朝もちゃんとデイサービスに行ったから」

「輝正ひとりでだいじょうぶかい？」

「どうってことないよ。べつに面倒をかけられるわけじゃないから。それに、隣の杉菜姉ちゃんも色々と教えてくれたし」

「ああ、杉菜ちゃんが——」

昌江は安堵の笑みを浮かべた。それならだいじょうぶだと思ったのであろう。

だが、自分が信用されていない気がして、輝正は面白くなかった。たしかにひとりでは右往左往するばかりであったのだが。

病人であり、いたわってあげなければならないのに、母親の言葉ひとつひとつになぜだか苛立ってしまう。責めても仕方がないとわかっているのに、どうにもならない。この感情は、自分でもうまく説明がつかなかった。

「だけど、仕事のほうはいいのかい？」

昌江が心配そうに訊ねる。

「ちゃんと休みをもらったよ。母さんが元気になるまで、こっちにいてもいいって言われてるからさ」

「だったら尚《なお》のこと、早く良くならないとね」

呑気な口調にムカッとする。いいから自分のことだけを考えろと、怒鳴りつけそうになった。

「じゃあ、家のこともあるし、おれは行くから」

目を逸らしたまま、ぶっきらぼうに告げる。ひょっとしたら寂しがって引き止められるかもしれないと思ったが、

「うん、ありがとう。世話をかけるね」

昌江は至極あっさりしたものだった。これ以上息子に我儘《わがまま》を言ってはならないと思ったのかもしれない。

(ったく、病人なんだからもっと甘えりゃいいのに)

矛盾したことを考えつつ、「じゃ、また来るから」と言い残して、輝正はそそくさと病室を後にした。

屋外に出れば青空が広がり、ポカポカと暖かないい陽気であった。珍しくもない街の景色すら輝いて見える。

けれど、そんな麗《うら》らかな眺めを目にした途端、輝正は泣きそうになった。

2

買い物をしてから家に帰ると、もうお昼近くであった。

（何か簡単なものでいいかな……）

ずっとバタバタしていたから食欲がなく、昼食はインスタントラーメンでも作ろうかと考える。だが、それすらも胃に入りそうにない。ベッドに横たわっていた母親の弱々しい姿や、同じ病室の老婆のことを思い返すと、喉が塞《ふさ》がれるようであった。

一食ぐらい抜いてもいいだろうと、出しかけた片手鍋をしまおうとしたとき、

コンコン――。

勝手口がノックされる。誰だろうとドアを開ければ、ラップのかけられたお皿を手にした杉菜だった。

「ああ、よかった。いたのね。これ、ウチの母さんから。おばあちゃんの大好きなカボチャの煮物よ」

「あ、すみません」

頭を下げて受け取ったとき、指先がわずかにふれあう。不意に昨晩のことを思い出し、

輝正はどぎまぎした。

だが、杉菜のほうは特に動揺した様子はない。年上の余裕なのか。それとも、あの出来事は一夜の過ちで、なかったことにしようという意思表示なのか。

深読みして虚《むな》しさを覚えた輝正に、

「ねえ、お昼食べたの？」

杉菜が訝る眼差しで訊ねる。頼りない弟にあれこれ注意する姉のような態度だった。

「いえ……食欲がないから、べつにいいかなと思って」

「駄目よ、ちゃんと食べないと」

押し退《の》けるように上がり込んできた彼女に、輝正は気圧《けお》されて後ずさった。

「わたしが作ってあげるから、輝正君はそこに坐ってなさい」

「あ、はい」

食卓を顎で示され、煮物のお皿を持ったまま椅子に腰かける。

杉菜は文字通り勝手知ったるというふうに戸棚や冷蔵庫、流し台の下を開け、料理に取りかかった。そんな彼女を、輝正はぼんやりと眺めた。

（……なんか、昨日の夜とは違うな）

てきぱきと動く年上の女は、昨晩の妖艶な振る舞いが嘘のようだ。いかにも世話好きのお姉さんというふう。精液を飲んだあとの濡れた唇を思い返しても、同一人物であるとはなかなか信じられなかった。

だが、今日はブラウスにカーディガンを羽織った彼女の、ボトムは昨日と同じジーンズだ。豊満な臀部にぴっちりと張りついたところはセクシーこの上なく、気がつけばそこばかりを目で追っていた。

下着のゴムが窪んだラインをこしらえ、裾からお肉が大きくはみ出しているのがわかる。忙しく動きまわるのに合わせて丸み全体がぷりぷりとはずみ、それを目にしたことでパンティを脱いだ素のヒップが鮮やかに蘇った。

(なんてエロチックなおしりなんだろう)

衝撃的な光景が目の前の艶尻とオーバーラップし、劣情が高まる。股間の分身もふくらみだした。

「輝正君、好き嫌いってないわよね?」

いきなり訊ねられ、輝正は「は、はいッ」と声を上ずらせた。すると、杉菜が眉をひそめてふり返る。

「どうかしたの?」

「あ、いえ……こんなことまでしてもらって、悪いなと思って」

取り繕《つくろ》って述べると、彼女はクスッと白い歯をこぼした。

「なに殊勝なこと言ってるの。わたしと輝正君の仲じゃない」

おそらくは他意のない言葉をまた深読みし、輝正は狼狽《ろうばい》した。

「ていうか、いつまでそれ持ってるの？」

「え？」

「お皿」

言われてようやく、差し入れの料理を持ったままだったことに気がつく。

「あ――――」

焦って食卓に置き、耳まで熱くなるのを覚えた。

「いろいろあったから疲れてるのね。わたしがおいしいご飯を作ってあげるから、それを食べて元気出しなさい」

ジーンズの尻を凝視されていたことに、杉菜は気づいていないようだ。笑顔で励まされ、嬉しくも自己嫌悪を覚える。邪《よこしま》な気持ちを抱いていたことを、輝正は心から恥じた。

（そうだよ……杉菜姉ちゃんは、おれのためにここまでしてくれているんだから）

反省し、あとはヒップにばかり注目することなく、杉菜を手伝う。そうして、手際よく作られた料理が食卓に並べられた。

「たくさん食べてね」

「はい」

さっきまで食欲がなかったのが嘘のよう。輝正は舌鼓《したつづみ》を打ち、ご飯をおかわりした。

昨日の夕食はチヅに気をとられて自分が食べるどころではなかったが、今はじっくりと味わえる。

(ああ、久しぶりだな、こういうの)

独《ひと》り暮らしが長く、家庭料理に飢えていたのは間違いない。だが、懐かしさを覚える味にだけ感動したのではない。そこに込められた優しさや愛情に心打たれたのである。

「ごちそうさま。おいしかったです」

「お粗末さま」

お茶を淹れながら、杉菜が照れくさそうに微笑む。輝正も心がホッと温かくなった。

だが、そうそう余裕のない状況であることも思い出す。

(あ、そうだ。プロットを作らなくっちゃ)

熱いお茶をすすりながら、輝正は我知らず顔をしかめていた。

次回作の構想は、まだ何も浮かんでいない。母親が退院するまではここにいるのだから、祖母の世話をしたり病院に通ったりしながら進めるしかないだろう。

もっとも、チヅは寝ていることがほとんどで、付きっきりで面倒を見る必要はない。昌江のことは病院に任せるしかないわけで、東京で仕事をしていたときと比べれば、時間的な余裕はある。

ただ、問題は精神的な部分だ。

(こんな状況で小説の構想なんか練れるんだろうか……)

向こうでは仕事に追われていても、刺激的な毎日が創作への意欲をかき立ててくれた。都会生活の中で湧きあがる様々な思いや気持ちの高揚があったからこそ、処女作もかき上げることができたのである。

ところが、ここには刺激などない。あるのは変わらぬ日常だけだ。気持ちも高揚するどころか、今のところ滅入ったり沈み込むばかりではないか。

頭の中だけで小説世界のすべてを構築できるほど、輝正は器用ではない。あれこれ悩み、見聞きするものを取り込んで初めて、創作が可能になるのである。いくら時間があっても、ここは構想に没頭できる環境ではなかった。

もっとも、だから書けませんなどというのは、言い訳にもならない。どんな状況であろうがプロットをまとめ、編集に認められねば先へ進むことができないのだから。

しかし、本当にできるのか——。

「おばさんがいつ退院できるのか、まだわからないんでしょ?」

杉菜の問いかけで、輝正はループしそうになっていた思考から抜け出せた。

「あ、はい。とにかく検査をして、結果を見ないことにはわからないって。今日は午後からCTと血液検査をするそうです」

「ふうん。まあ、徹底的に検査してもらったほうがいいんじゃないかしら。そのほうが安心できるんだから」

「そうですね」

「何かと大変だと思うけど、困ったことがあったらいつでもわたしに言いなさい。お腹が空いたら、ご飯も作ってあげるから」

「……すみません」

輝正はペコリと頭を下げた。感謝の気持ちばかりではなく、優しさに感激して涙が溢れそうになったものだから、顔を見られたくなかったのだ。

「あ、そうそう。輝正君の本、読んだわよ」

だが、これには顔を上げずにいられなかった。

「え、もうですか?」

「うん。面白かったから、ひと晩で読んじゃった。おかげでちょっと寝不足だけど」

「あ、ありがとうございます……」

今度は無性に照れくさくなる。読者の第一号が杉菜になるとは、書き上げたときは予想すらしなかった。

「次の本も、もう書いてるの？」

「いえ……これから構想を練らなくちゃいけないんです」

「そうなんだ。あ、だったらちょうどよかったんじゃないの？　こっちにいれば時間もあるだろうし、ゆっくり考えることができるわよ」

「そうですね」

刺激がないから何も考えられないとは、さすがに言えなかった。それでは生まれ育った場所がつまらないところだと主張するようなものである。

何より、妙な誤解をされてはまずいという思いがあった。

《刺激がない？　だったらわたしが――――》

そんなふうに受けとめられ、昨晩のように誘惑される可能性がある。杉菜と深い関係になることを忌避するわけではないが、こちらが水を向けたように取られたくはなかった。

それに、仮にまたそういう雰囲気になったとしても、彼女と抱きあうことにまったく抵抗がないわけではない。

向こうはすでに夫と別れているから、不倫にはならない。ふたりとも立派な大人なのだし、同意の上なら刹那《せつな》の快楽を得ることに何ら問題はないだろう。

だが、それが本当に一時の遊びで終わるのかという不安がある。

これが東京であれば、元人妻とのセックスをアバンチュールで済ますことができよう。しかし、こういう古風な土地柄ではそうもいかない。男女関係には相応の責任が求められ、ただの遊びでは済まされないことが多い。

まして、杉菜は行きずりの相手ではない。昔から知っているお隣さんだ。一度結ばれてしまえば関係がずるずると続き、そのまま結婚ということも考えられる。

彼女のことが決して嫌いなわけではない。年上でも可愛いところがあるし、優しくてとてもチャーミングだ。さっきも昼食の仕度を手伝いながら、ほんの一瞬だが新婚さんのような甘い気分にもひたった。

しかし、情に流されてこれからの人生を決めることは避けたかった。そうなったら今度こそ、この街に取り込まれてしまう気がする。杉菜の真意がわからない以上、軽率な行動は慎まねばならない。

（ていうか、杉菜姉ちゃんはどういうつもりであんなことを……）

ただ情欲にかられてではないと思うのだが。

『輝正君もわたしと同じで寂しいんだね――』

あの言葉が本当だとすれば、寂しい者同士で慰《なぐさ》めあおうというつもりだったのか。けれど、それも口実かもしれない。

あれこれ考えたところで、本人に確認しなければ本当のことなどわからないのだ。とにかくこれからは慎重に行動しようと心に決め、輝正は冷めかけたお茶を飲み干した。

そして、湯呑みを食卓に置いたとき、

「輝正君――」

斜めの位置にいた杉菜が不意に瞳を潤ませ、いきなり手を握ってきた。

「え⁉」

咄嗟《とっさ》にほどこうとしてできなかったのは、絡みついた彼女の指があまりに柔らかで、温かかったからだ。

「わたしも協力するからね」

潤んだ瞳で見つめられ、心臓の鼓動が跳ねあがる。家事や祖母の世話のことを言っているのだろうが、それにしては大袈裟《おおげさ》すぎる。

しかし、杉菜がゆっくりと顔を近づけてくるのに合わせて、気がつけば輝正も身をのり出していた。抗い難い感情が理性を弱め、親密にふれあいたいという気持ちばかりが大きくなる。

キスをしたい。

抱きあって、深く深く交わりたい。

そんな衝動にかられながら、輝正は頭の片隅でふと思った。

（おれも寂しいのかな――）

気を病む出来事が続いて弱気になり、優しく慰めてくれるひとを求めているのかもしれない。一種の現実逃避なのだろうが、そうとわかっても目の前の女性に縋《すが》らずにはいられなかった。

互いの吐息が感じられる距離。あと数センチというところで杉菜が瞼を閉じる。そのまふたりの唇が重なろうとしたところで、玄関の引き戸が開く音がした。

「ごめんくださーい」

女性の声だ。それを耳にするなり、杉菜はパッと目を開けて椅子から立ちあがった。

「じゃ、じゃあ、わたしは帰るから」

焦《あせ》りをあらわに身を翻《ひるがえ》し、逃げるように勝手口から出ていく。交尾中に水をかけられた猫もかくやというほどの素早さだった。

（……なんだ？）

輝正はあっ気にとられ、くちづけ寸前の姿勢のまま固まっていた。

「すみませーん。藤井輝正さん、いらっしゃいますかー」

名前を呼ばれてようやく我に返る。

「あ、はーい」

輝正は大声で返事をすると、急いで玄関に向かった。

3

訪問者は、二十代半ばと思しき若い女性であった。

「わたくし、『こがねの里』でケアマネージャーをしております、源《みなもと》範子《のりこ》と申します」

グレイの地味なパンツスーツで、分厚いファイルを小脇に抱えている。長い黒髪を首の後ろで無造作に縛った彼女は、そう名乗った。名刺も渡され、「あ、どうもご丁寧に」と受け取る。

「こがねの里」というのは、チヅが通っているデイサービスの施設である。今朝迎えに来た大型のバンの車体にも、その名前が書かれてあった。

チヅに関する相談だというので、輝正はとりあえず上がってもらうことにした。居間に

通し、お茶を用意しようと思ったが、

「どうぞおかまいなく。実は、早急に手続きをしたほうがいい案件ですので、とりあえずお話を聞いていただけますか?」

範子に言われ、卓袱台を挟んで彼女の向かいに坐る。そのとき、(あれ?)と思った。

(どこかで会ったひとだったっけ……)

見覚えがある、というより、むしろ懐かしい感じがしたのだ。ずっと昔から知っていると、そんな思いにも囚《とら》われた。

もっとも、向こうは明らかに自分よりも年下だ。昔からとなると、つまり少女の頃を知っていることになる。

だが、そうではない。目の前にいる大人の彼女を、ずっと以前から知っている気がしたのだ。冷静に考えて、そんなことはあり得ない。

(他人の空似かな)

あるいは、かつて雑誌で目にしたグラビアアイドルと混同しているのかもしれない。実際、範子は涼やかな目もとが印象的で、親しみの持てる愛らしさがある。彼女自身も、そういうところに載っていても遜色《そんしょく》がない。

(可愛いひとだものな)

そんな女性とふたりっきりなのだ。杉菜のときとは異なる、新鮮なドキドキ感があった。思春期に、クラスメートの少女を好きになったときみたいな。

「それで、うちの送迎スタッフから、お母様——昌江さんが入院されたと聞きまして」

範子が話を切り出す。今朝、送迎車の介添人に問われるまま、昌江が昨日入院したことを告げたのだ。

「差し出がましいとは思ったのですが、先ほど病院のほうにご確認しましたところ、退院の日も決まっていないとか」

「ええ、そうです」

「そうしますと、しばらくは息子さん——輝正さんがこちらでチヅさんをみていただくことになるのでしょうか?」

「はい。そのつもりですが」

「それは大変けっこうなのですが、ただ、わたくしどもの調査票によりますと、輝正さんは現在東京にお住まいなんですよね?」

チヅがデイサービスを利用するに当たり、緊急連絡先として自分の住所と電話番号も伝えてあると、母親から聞かされたのを思い出す。

「はい、そうです」

「お仕事も東京ですよね？」

「はい。ただ、こういう状況ですので、しばらく休暇をもらいましたけど」

「ああ、そうだったんですか」

範子が安堵の表情をみせる。家族の負担も気にかけなければならないのか。ケアマネージャーというのもなかなか大変な仕事のようだ。

「でも、ずっとお休みをされるわけにはいかないんですよね」

「いちおう母が退院するまでと思っていますけど」

「だけど、退院してすぐにチヅさんのお世話をされるのも、お母様には負担じゃありませんか？」

言われてみればたしかにそうだ。かと言って、昌江が元気になるまでとなると、そこまで休めるかどうかわからない。

「それは、まあ……でも、他に面倒をみてもらえる身内はいませんし」

不意に杉菜の顔が浮かび、慌てて打ち消す。いくらお隣でも、そこまで甘えるわけにはいかない。

「でしたら、チヅさんに短期入所していただくのはどうでしょうか？」

「え、それは何ですか？」

「一ヶ月、あるいは三ヶ月でも、介護施設に入所することです。チヅさんは現在要介護3に認定されておりますし、ご家庭もこのような状況ですから、部屋が空いていれば入所を認められるはずです。そのほうがお母様も輝正さんもご安心ではないでしょうか」

「つまり、そちらでばあちゃんをあずかってもらえるということなんですか?」

「いえ。うちはデイサービスが専門ですので、他の介護老人保健施設ということになりますけれど、ご希望されるのであれば、わたくしのほうで受け入れ可能なところをお探しいたしますけれど」

「そうですね……」

輝正は考え込んだ。

正直なところ、チヅを施設に入れるのは抵抗があった。デイサービスに通うぐらいならともかく、余所《よそ》にあずけてすべての世話を任せてしまうのは、ひどく無責任なことに思えたからだ。

加えて、そういう場所は身寄りのない老人が晩年を過ごすところだという偏見もあった。そのため、祖母を見捨てるに等しいという罪悪感も拭い去れなかったのだ。

どうすべきかと迷う輝正に、範子は朗《ほが》らかに告げた。

「あまり深くお悩みにならないほうがいいですよ。今はお母様が入院されて、言わば緊急事態なわけですから、この状況をどう切り抜ければいいのかお考えになるべきですわ」

「緊急事態、ですか……」

「それから、こうも考えてください。重い荷物がある。これを運ぶにはどうするのが最もいい方法なのかと」

「は?」

「いちばん力のあるひとに背負わせてしまったら、そのひとが疲れて倒れたときに運べなくなります。だったら、最初からみんなで協力すればいいんです」

漠然とした喩《たと》えに、輝正は首をかしげた。しかし、範子は笑顔を崩さないまま、説明を続ける。

「この場合のみんなというのは、輝正さん、お母様、そしてチヅさん――」

「え、ばあちゃんも?」

「そうです。チヅさんはお家にいるのがいちばんいいのでしょうけど、そのせいで輝正さんやお母様に負担がかかるとわかったら、きっとつらいと思いますわ。そうなるぐらいなら、しばらく我慢してもいいとおっしゃるんじゃないでしょうか」

トイレに連れていってくれる孫にも「わりいのぉ」と頭をさげるチヅである。たしかにその通りだ。

「それから、荷物を持ってくれるひとは、もうひとりいます」

「え、誰ですか？」

「ひとと言うか、社会です。具体的には、わたくしどものようなデイサービスや、介護施設、介護保険といった社会保障です。誰かにすべて任せるのではなく、社会や本人も含めたみんなができることをすれば、ひとりひとりの負担が小さくなります。それが全体の幸せに繋がると、わたくしは考えております」

こちらの迷いを見透かしたような範子の言葉に、輝正は気持ちが楽になるのを覚えた。

(たしかにそうだな……実際、おれなんて大したことはできないし、杉菜姉ちゃんに助けてもらってどうにかやってるぐらいなんだから)

だったら無理をしないで、任せられるところは任せればいい。それは決して無責任なことではないのだから。

「わかりました。それじゃあ、ばあちゃんの短期入所の件、お願いいたします」

輝正は深々と頭をさげた。

「承知いたしました。では、これから早速手配いたします」

言うが早いか、範子はすっくと立ちあがった。「失礼します」と一礼して玄関に向かったのを、慌てて追う。

「お忙しいところ、どうもありがとうございました」

シューズに足を入れている後ろ姿に声をかけると、彼女はくるりと身を翻《ひるがえ》した。

「いえ。これがわたくしの仕事ですから」

ニッコリと白い歯をこぼす。可憐な笑顔にドキッとしつつ、落ち着いて堂々とした振る舞いに、若く見えるけれどひょっとしたら年上ではないかという気がした。

「あの、失礼ですけどおいくつなんですか?」

思わず口から出た不躾《ぶしつけ》な質問に、範子は「え?」と目を丸くした。

「あ、すみません。お若く見えるのに、おれなんかよりもずっとしっかりされているから、ひょっとしたら年上なのかと思って」

疑問をストレートにぶつけると、彼女が困惑を浮かべる。

「わたくしが年上……ですか?」

「おれは二十八なんですけど」

自分の年を告げると、範子は少し迷ったふうにしたあと、

「わたくしは二十四……いえ、二十五だったかしら」

つぶやくように答えた。

(なんだ、やっぱり年下か)

だが、言い直したのが少し気になる。チヅのような年寄りならともかく、この若さで自分の年がわからなくなることがあるのだろうか。

「それでは、失礼いたします」

範子は頭をさげると、そそくさと立ち去った。

4

夕食を終えたチヅがベッドに入ってから、輝正は居間でノートパソコンを開き、次回作の構想を練った。

やっぱりストーリーか、それとも設定からだろうか。迷ったところで、とにかく登場人物が魅力的でなくてはいけないと、担当編集者から言われたことを思い出す。

(魅力的な登場人物……キャラクター——)

考えて、即座に浮かんだのは範子であった。ほんの短い時間、ただ話をしただけなのに、妙に惹かれる。思い出すだけで、悩ましいときめきを覚えた。

ただ、女性としての魅力ばかりではない。

(あの若さであそこまでしっかりしているのは、ホントにすごいよな)

そこらのキャリアウーマンにも負けないのではないか。それともケアマネージャーというのは、みんなあんな感じなのだろうか。

（そうか。ケアマネージャーっていうのも、登場人物の職業として有りかもしれないぞ）

様々な事情を抱えた家庭と関わる中で、ドラマが生まれるのではないだろうか。

輝正はキーボードで「ケアマネージャー」と打ち込んだ。それに関係する職業も、思いつくまま並べる。

だが、そこまでだった。なまじ自らの現状に関わるところから構想を練ろうとしたため、不安や焦りが頭をもたげてくる。範子の言葉で一度は立ち直ったはずが、こうやってひとりになるとまた考え込んでしまうのだ。

（たしかにばあちゃんが短期入所してくれれば、ずっと楽になるんだよな。でも、それはあくまでも一時的なことだ。ばあちゃんがこの先、今よりも元気になることはあり得ない。母さんだって退院できても、いずればあちゃんみたいになるわけで――）

マイナス思考が胸の中に暗雲をもたらす。いい方向に考えようとするのだが、どうしてもできなかった。

介護に関わる痛ましい事件の報道を見ることが多い。老親や配偶者に手をかけたり、心中を図ったりなど。

あれは特別な事例だと思っていたが、そうではないのかもしれない。自分などずっとマシなほうでも、精神的に追い詰められがちなのだから。

東京の独り暮らしではそんなことは一度もなかったのに、無性に孤独を感じる。誰かに支えてほしい、そばにいてほしいと、輝正は切に願った。男のクセにだらしないと、もちろんわかっているのだが。

コンコン――。

窓を控えめに叩く音がする。ハッとしてふり返ると、ガラスの向こうに杉菜の顔があった。

(杉菜姉ちゃん――)

輝正が思わず涙ぐみそうになったのは、やはり寂しかったからだろう。彼女の顔を見るなり、甘えたいという気持ちで胸がいっぱいになった。

「あ、こっちに」

玄関のほうを指差し、急いでそちらに向かう。明かりを点け、鍵をはずして引き戸を開けると、上下スエット姿の杉菜が笑顔で入ってきた。

「調子はどう?」

やけに漠然とした問いかけも嬉しく感じる。それでいて何かいけないことをしているみたいな気分になったのは、窓を叩かれたせいで逢い引きをするような気分になったからだろうか。

「うん……まああってところです」

「そう。おばあちゃんは？」

「もう寝ました」

杉菜の髪はやけに艶めいて見える。風呂上がりなのだろう。シャンプーの甘い香りも悩ましく、抱きしめたい衝動にもかられた。

それを懸命に抑え込み、彼女を居間に招き入れる。

「あら、仕事中だったのね」

卓袱台の上に置かれたノートパソコンを見て、杉菜が目を細めた。

「ええ、まあ……」

「何を書くか決まったの？」

「いえ、全然。考えがちっともまとまらなくって」

「だったら、わたしがいたらお邪魔じゃないの？」

「そんなことないです！」

咄嗟に強く否定してしまい、輝正は頬が熱くなるのを覚えた。驚いた顔を見せた年上の女が、すぐに満足げな笑みを浮かべたものだから、ますます居たたまれなくなる。

「あの、お茶を――」

動揺を誤魔化そうと台所に立とうとしたものの、

「いらないわ。これがあるから」

杉菜がコンビニのレジ袋を目の前に出す。

「たまには息抜きしないと、仕事だってうまくいかないわよ」

そうして卓袱台の上に並べられたのは、缶ビールやおつまみだった。


アルコールが胃から全身に染み出す感じがする。ビールをこんなに美味《おい》しいと感じたのは久しぶりだった。

「へえ、けっこういけるのね」

たちまち一本飲み干した輝正に、杉菜は新しいものを手渡してくれた。

「すみません」

受け取ってプルタブを開けると、プシュッと気持ちのいい音が立つ。麦の香りが霧のように広がった。

その缶も一気に半分ほど空け、輝正はようやく人心地がついた。「ふうー」と大きなため息をつく。

「やっぱり疲れてたみたいね。無理しちゃ駄目よ」

杉菜が心配そうにねぎらってくれる。

「はい。ありがとうございます」

礼を述べると、彼女はなぜだか不機嫌そうに眉をひそめた。

「ねえ、輝正君って、わたしにずっと敬語よね。どうして？」

「え？　それはやっぱり年上だから……」

「だけど、昔はいっしょに遊んだ仲なんだし、そんなに他人行儀にならなくてもいいじゃないの？」

「杉菜姉ちゃん」と呼ばれるのを嫌がったのと同じく、もっと対等な関係になりたいということなのだろうか。

（それってつまり、男と女の関係――）

深読みして、輝正は動揺した。アルコールが効いてきたのか、全身が熱い。

そして、年下の男が心を乱しているのを、杉菜も察知したようだ。

「ねえ、何を考えているの？」

身を乗り出し、興味津々という眼差しを向けてくる。

「あ、いえ——何でもないです……」

「何でも、な・い・よ」

「な、何でもないよ」

「よろしい」

クスッと白い歯をこぼし、缶に口をつける。ビールを飲みながら目を細め、見つめてくる彼女はやけに色っぽい。

杉菜が着ている、おそらく寝間着としても使われるであろうスエットは、上下ともピンクだ。三十過ぎの女性の召し物としては、いささか可愛すぎるかもしれない。

だが、彼女にはよく似合っている。笑い顔や、ちょっとしたしぐさにも少女っぽさが垣間見られるからだろう。

けれど、成熟した大人の女であるのもたしかだ。全身から匂いたつなまめかしさを、輝正は居間に招き入れたときから感じていた。風呂上がりのシャンプーや石鹸《せっけん》の香りばかりでなく、彼女自身が放つフェロモンもあるようだ。

これで意味ありげな眼差しを向けられたら、ドキドキしてしまうのは当然のこと。

(誘っているんだろうか……)

昨晩は未遂。今日の昼もキスの寸前でストップされた。三度目の正直というわけではないだろうが、杉菜は今度こそと考えているのかもしれない。

そして、輝正自身も。

そうやって意識すればするほどに、動作がぎこちなくなる。とりあえず落ち着こうとピーナッツに手をのばしたものの、指が震えてなかなか摘まめなかった。

「そんなに気を張らなくてもいいのよ」

すっと空気に溶け込むような穏やかな口調で言われ、輝正は杉菜を見た。

「窓の外から覗いたとき、輝正君、やけに深刻そうにしてたわ。たぶんおばさんや、おばあちゃんのことを考えて不安になってたんでしょ?」

さっき、彼は窓に背中を向けていたのである。表情など見なくても、杉菜には年下の男が悩んでいるとわかったのだろうか。

「つらかったら甘えればいいし、助けを求めればいいの。言ったでしょ? 困ったことがあったら、いつでもわたしに言いなさいって」

慈《いつく》しむような優しい微笑みを浮かべる彼女は、まさに聖母であった。嬉しくて、有り難くて、しかしそんな思いがこみ上げる前に、輝正は涙をこぼしていた。気持ちよりも、からだのほうが先に反応してしまったらしい。

「ありがとう……杉菜姉ちゃ——杉菜さん」

唇が震えて、言葉に出せたのはそこまでだった。目の前の景色が、涙でぼやける。

すると、彼女がおもむろにスエットの上を脱いだ。中に着けていたのは、鳩尾《みぞおち》丈のハーフトップ。モスグリーンのそれは締めつけない柔らかな下着で、包み込む大きな乳房ごとたふんとはずむ。

それも無造作に頭から抜かれ、母性を湛える豊満なふくらみがあらわになった。

（ああ……）

感嘆が胸から溢れる。昨夜目にしたときよりも、それは神々しいものに映った。なめらかな肌は色を極限まで薄めたように白い。胸もとに静脈が透け、命の流れを描き出す。

強く揉みすぎてつけた指の痕《あと》は綺麗に消えており、輝正は安心した。もしも残っていたら、ひどく罪悪感を覚えたに違いない。

けれど、仮にそんなことになったとしても、杉菜は許してくれただろう。そう確信できる慈愛のこもった笑みを向けていた。

「いらっしゃい」

母親が我が子を招くように、両手が差し出される。もはやためらいなど少しも覚えず、輝正は胸に飛び込んだ。谷間に顔を埋めるなり、ギュッと抱きしめられる。

甘い香りがした。

湯上がりの肌はしっとりと潤《うるお》い、マシュマロを思い起こす。馥郁《ふくいく》とした汗の匂いもひたすら好ましい。頰に当たる乳房の柔らかさも、劣情よりは心地よさを感じさせた。

だが、何よりもうっとりしたのは、彼女の手の愛撫であった。

「よく頑張ったわね。偉いわ」

囁《ささや》きながら、杉菜が背中や頭を撫でてくれる。髪を梳《す》く指が頭皮を優しく掻いてくれるのに、ずっとこうされていたいと願うほどの快さを与えられた。ペニスをしごかれるのとは異なり、肉体だけでなく心も深く満たされるようだ。

気がつくと、輝正は彼女を押し倒していた。母の胸に甘えた記憶がそうさせるのか、夢中で乳にしゃぶりつく。手に余る巨房を揉みしだき、何が出るわけでもないのに頂上の突起を吸った。

「おっぱいなんか出ないわよ」

杉菜があきれた口調で言う。しかし、輝正の舌は確かな甘みを捉えていた。

肌の持つ風味なのかもしれないが、どれだけ吸っても味が薄まることはない。本当にミルクの成分が洩れ出しているのではないかと思えた。

「甘えん坊ね……」

なじる声音が悩ましげだ。裸の上半身が、時おりピクンと痙攣《けいれん》する。吐息がせわしなくはずみ出したのもわかった。

ここまで来ると甘える気持ちよりも、牡《おす》としての情欲が大きくなる。

輝正はスエットのボトムに手をかけた。杉菜が尻を浮かせてくれたので、やすやすと艶腰から引き剝がすことができた。そのまま下半身に抱きつく。

最後に残ったのは、トップとお揃いのスポーティな薄穿き。ハイレグのそれはコットン素材らしくよく伸びて、肉づきのいい腰回りにフィットしていた。

(ああ、色っぽい)

こちらも静脈を透かせた太腿は、むっちりしていかにも弾力がありそう。心誘われるままに頰ずりしたとき、輝正はショーツの股間にできた濡れジミに気がついた。

(もう濡れてるのか)

乳房を自由にさせながら感じたのだ。そのとき、昨夜の彼女の言葉が蘇る。

『今度はわたしも気持ちよくしてくれる?――』

同じことを、濡れた秘部が訴えている気がした。

(昨夜は何もできなかったんだよな)

セックスもそうだが、愛撫をする余裕すらなかったのだ。自分はフェラチオで射精に導かれたのに。

その部分に顔を寄せれば、蒸れたすっぱみが感じられる。淫靡なかぐわしさに劣情を煽られ、輝正は最後の薄物も奪い取った。

濃く繁茂した秘毛があらわになる。下着に押さえつけられていたそれは逆毛立ち、情欲の炎のごとく見えた。ナマ白い下腹とのコントラストが、やけに煽情的だ。

こうなるつもりでいたのであれば、杉菜は性器部分も丁寧に洗ったはず。実際、ボディソープの残り香があった。

けれど、それよりも新たに分泌された牝臭のほうが著しい。発酵乳に似た悩ましい酸味が、牡の情動を根底から揺さぶる。嗅ぐだけで鼻息が荒くなるよう。

輝正は脚を開かせ、秘められたところを覗き込もうとした。ところが、それより先に杉菜が身を起こし、膝を閉じてしまう。

「わたしだけ裸にするなんて反則よ」

頰を赤らめて告げ、彼女はズボンに手をかけてきた。抗《あらが》う間もなくベルトを弛《ゆる》められ、中のトランクスごと脱がされてしまった。

ペニスは力をたくわえ、下腹に張りつかんばかりに反り返る。昨晩すでに見られているとは言え、まったく恥ずかしくないことはない。ただ、じっと見つめる年上の女の眼差しに、誇らしさも感じた。

「ここに寝て」

杉菜に胸を押され、輝正は畳に仰臥《ぎようが》した。また主導権を握られる展開だが、それも仕方あるまい。彼女のほうが年上だし、元人妻で経験も豊富なのだから。

「脚を開いて」

言われるままに膝を離すと、しなやかな手指が内腿を撫でてくれる。すぐに勃起を握らないのは、焦《じ》らすつもりなのだろうか。

もっとも、シンボルに触れられずとも、杉菜の愛撫は快かった。

「あぁ……」

喘ぎをこぼし、輝正は膝をわななかせた。指頭がすりっ、すりっと体表をなぞりながら、徐々に股間へと近づいてくる。

（ああ、早く――）

もどかしさが高まる。だが、このまま内腿を撫でられていたい気持ちもあった。

行きつ戻りつを繰り返し、目標との距離が縮まる。鼠蹊部をくすぐった指が、陰嚢を絶妙なタッチでさすった。

「うあ――あああ」

くすぐったいような、むず痒いような、身悶えずにいられない快感が体軀をわななかせる。分身が跳ね躍り、下腹をぺちぺちと何度も叩いた。

「輝正君、キンタマがすごく感じるみたいね」

淫らな言葉づかいに驚いて頭をもたげると、杉菜は口許を悪戯《いたずら》っぽくほころばせていた。昨晩もそこをさすられるなり射精したから、性感ポイントであるとわかったのかもしれない。

「ここって男の子の急所なのに、面白いわ」

今度は手のひらで包み込み、中の楕円球を転がすように揉み撫でる。輝正は膝をせわしなく曲げのばしし、両足で畳を引っ搔いた。

「うは、あ――くううう」

さすが元人妻という、余裕たっぷりの愛撫。牡の急所を巧みに弄《もてあそ》び、悦楽の境地に漂わせてくれる。

見おろせば、鈴割れから溢れたカウパー腺液が亀頭を濡らし、下腹とのあいだに何本もの粘っこい糸を繫げている。まだしごかれてもいないのに、肉根は痺《しび》れるような歓喜にまみれていた。そのまま握られたら、速攻で爆発したかもしれない。

「ああ、杉菜さん、もう……」

息を荒ぶらせて切ない状況を訴えると、妖艶なお姉さんは愉しげに頬を緩めた。

「あら、もうイッちゃいそうなの？」

ストレートに問われ、耳まで熱くなる。恥ずかしくてたまらないのに、不思議と甘えたい気分にもさせられた。

しかし、このまま果てることになっては、男としてみっともない。

「おれにも杉菜さんのを――」

対等な愛撫を求めると、彼女の頬に赤みがさす。腰を浮かせかけたものの、どうすればいいのかと迷った顔を浮かべた。

だが、意を決したように、逆向きで胸を跨《また》いでくれる。

（うわ、すごい！）

豊満な艶尻を男の眼前に差し出す大胆なポーズ。臀裂の底から女芯まで、余すところなく晒されていた。

昨夜も目撃しているが、見おろすのと目の前にかざされるのとでは、迫力がまったく違う。丸まるとした肉厚の臀部に、今にも押し潰されそうだ。

「あん、恥ずかしい」

杉菜が嘆《なげ》き、尻の谷が恥じらうようにキュッとすぼまった。いくら年下相手でも、秘部をさらけ出して平気なはずがない。

それでも、密毛に隠されがちの恥唇は淫靡《いんび》に濡れ光っていた。見ているあいだにもそこが蠢き、新たな蜜を滲ませる。

（たまらない……）

蒸れた乳酪臭がこぼれ落ちてくる。食欲よりも劣情をそそる芳香に、輝正は頭がクラクラした。

「くうぅッ」

下半身を甘美が襲う。杉菜が陰嚢に口をつけたのだ。軽いキスを浴びせたあと、温かな舌がチロチロと舐めくすぐる。

それが輝正に次の行動を促した。彼女の太腿《ふともも》を両手で摑《つか》み、自らのほうに引き寄せる。

「キャッ」

小さな悲鳴が聞こえたのとほぼ同時に、柔らかくてどっしりした重みが顔面にのしかかった。鼻面が谷間にめり込み、湿ったものが唇を塞《ふさ》ぐ。

（うわあ……）

濃厚になった淫臭が、鼻腔へ暴力的に流れ込んだ。こわい秘毛にもくすぐられ、危うくくしゃみをしそうになる。

「も、馬鹿ぁ」

なじった杉菜が、尻割れを忙しくすぼめる。けれど離れることはせず、ペニスを握って上向きにすると、尖端を咥え込んだ。

「むふぅ」

目のくらむ快美が襲来し、輝正は腰をガクガクと突き上げた。爆発はどうにか免《まぬか》れたものの、全身が蕩ける歓喜にひたっている。

(あああ、こんな……)

荒ぶる呼吸で女芯が湿り、いっそう猥雑な匂いを発し出す。少しでもお返しをせねばと、輝正は唇で叢《くさむら》をかき分けた。辿りついた恥割れに舌を差し入れてかき回す。

「んううぅ」

呻きとともに艶尻がすぼまる。鼻頭がめり込むアヌスも誘い込むように蠢いた。

ほんのりしょっぱい恥蜜を夢中で味わえば、杉菜も舌をピチャピチャと躍らせて亀頭をしゃぶってくれる。競い合うような愛撫の応酬だ。

互いの性器をねぶりあうオーラルセックスは、長々と続いた。パートナーを感じさせることに専念するためか、自身の上昇が抑えられたようである。

だが、次の段階に進みたいという熱望もふくれあがる。

（ここに入りたい……杉菜姉ちゃんと、もっと深く結ばれたい――）

膣穴に舌を差し込み、小刻みに出し入れしながら輝正は結合を欲した。セックスの快感を得たい、射精したいというより、年上の女と身も心も繋がりたかったのだ。

それは彼女のほうも同じだったらしい。

「んん……ぷはッ――ね、ねえ、しよ」

ペニスを吐き出し、息をはずませて告げるなり腰を浮かせる。輝正が身を起こすのと入れ替わるように、畳に仰向けになった。

「来て」

杉菜が立てた膝をＭの字に開き、両手を差し出す。さっきも同じように招かれたが、そのときの慈しむ眼差しとは異なっていた。

今の彼女は、情欲に溺れたひとりの女だった。

そそり立つ剛直を振り立てながら、輝正は全裸の女体に覆いかぶさった。こちらは下半身しか脱いでおらず、できれば全裸で肌を合わせたい。だが、一刻も早く彼女の中に入りたいという気持ちが勝っていた。

腰を割り込ませると、杉菜がふたりのあいだに手を差し入れ、ペニスを導いてくれる。

「ここよ」

牡の切っ先が秘毛をかき分け、濡れ割れにめり込む。粘膜から染み渡る温かさに、腰がブルッと震えた。

「挿れるよ」

短く告げて、腰を沈める。愛汁をたっぷりとこぼしていた秘穴は、強ばりをほとんど抵抗なく受け入れてくれた。

「おおおっ――」

杉菜が背中を浮かせてのけ反る。侵入はあっ気なかったものの、根元まで温かな淵に溺れるなり、全体がキツく締まった。

「むぅ」

疼きが悦びへと昇華され、輝正も呻きを洩らした。

まつわりついて蠢く柔ヒダが、喜悦の園へと誘ってくれる。膣内の温度がどんどん上がってゆくようだ。

「ああ、すごい……いっぱい」

泣くような声で言ったあと、熟女が掲げた両脚を腰に絡みつける。輝正は強い力でかき寄せられた。

「ね、しばらくこのままでいて」

胸を大きく上下させてのおねだり。咥え込んだものを味わうかのように、内部が緩やかに蠕動《ぜんどう》する。

（うわ、気持ちいい）

動かずとも昇りつめそうで、輝正は歯を喰い縛った。入り口付近が甘咬みするように根元を締めつけるのにも、意識を飛ばしそうになる。

だが、女陰のなまめかしい反応とは裏腹に、杉菜は戸惑いを浮かべていた。

「はあ……ふぅ――」

大きく深呼吸をして、自らに何が起こっているのかを探る表情を見せる。

（セックスするの、久しぶりなのかな？）

離婚以来、男を受け入れてなかったのかもしれない。感情とは裏腹に、肉体が置いてけぼりくっているのではないか。

それでも二分も経たないうちに、女窟が侵入物に馴染んだようだ。

「いいわ、動いて……でも、最初はゆっくりね」

腰に絡めていた脚をほどき、杉菜が神妙な面持ちで言う。輝正は「うん」とうなずき、望まれた通りのゆっくりした抜き挿しを開始した。

ぬ……ちゅぷ――。

温かな蜜がまつわりつき、動きはスムーズである。それでも、彼女が不安げにしていたので、急ぐことをしなかった。おかげで、一度は頂上付近まで上昇したものが、落ち着きを取り戻す。

「ん……あ——」

艶めく喘ぎが半開きの唇からこぼれ、熟れた裸身がくねりだす。頬を紅潮させた杉菜が、陶酔に漂い始めた。

（熱い……）

膣内も熱に蕩け出す。特に亀頭が埋まる奥まったところは、煮込んだシチューのようにトロトロだ。

高まる快感につられて、輝正はピストンの速度をあげた。下腹をリズミカルに恥骨へ打ちつける。

「あふっ、あ、はんッ——あああっ」

杉菜はもはや戸惑いを示さず、あらわな声をあげだした。

「き……気持ちいい。ああ、も、もっとぉ」

再び輝正の腰に両脚を絡める。けれどそれは動きを封じるためではなく、より深く受け入れるためであった。

「う、うッ、いいのぉ……感じる――」

愉悦の呻きをこぼし、呼吸をはずませる。久しぶりにペニスを受け入れたらしい熟女は頭を左右に振り、洗いたての髪を乱した。シャンプーの香りが振り撒かれ、それも牡の理性をかき乱す。

（たまらない……）

輝正も陶然となって腰を使い、悦びをもたらす狭穴を抉《えぐ》りまくった。

ちゅく、チュプ……ぢゅ――。

股間がぶつかり合う音に交じって、卑猥な粘つきがたつ。後退するときにくびれが柔ヒダを掘り起こし、ぴちぴちとはじくことで肉根が甘美にまみれた。

（うう、まずい――）

昇りつめそうになり、歯を食い縛る。けれど、心地よい淫穴は目のくらむ快楽をもたらし、理性がくたくたと弱まるようだ。

輝正が尻の穴を引き絞り、懸命に爆発を堪えたのは、男としての意地だった。年上相手に、そこまでムキになる必要は無かったのかもしれない。現に、さっきは子供みたいに乳房を求めてしまったのだから。

しかし、これで早々に果ててしまったら、あまりに情けない。恩に報いるためにも、彼女を満足させねばならなかった。

ペニスに漲《みなぎ》りと忍耐を送り、強ばりきったもので肉奥を突く。間もなく、杉菜のよがりが甲高《かんだか》くなった。

「ああ、ああ、あぁッ、す、すごいのぉっ！」

耳にわんわんと響く嬌声が居間に満ちる。感じてくれるのは嬉しかったが、ここまで派手な声を出されたことに戸惑いを隠せない。

（ばあちゃんに聞こえるかも……）

引き戸一枚で遮られた隣の部屋にいるのだ。耳が遠いし、寝ているから大丈夫とは思うものの、やはり気になる。内部を改築していても元が古い家だし、ピストンの振動も伝わっているだろう。

だからと言って、ここで行為を中断するわけにもいかない。

輝正は年上の女の唇を塞いだ。少しでも声を抑えようとしたのである。ところが、

「むぅー、う、うッ——ぷあっ」

彼女は頭を大きく振って、すぐにくちづけを解いてしまった。息が続かず苦しくなったようだ。腰をいやらしくくねらせ、

「ふはっ、は——あああ、いい……気持ちいいッ‼」

反動からか、さらにあらわな声をあげだした。

とにかく杉菜を絶頂に導こうと、輝正はほとんど叩きつけるように腰をぶつけた。狭膣を深々と貫き、限界に近いスピードで抽送する。

「ああ、あ、いい、いいッ、感じるぅ」

泣くようによがり、両手で輝正の二の腕にギュッとしがみつく元人妻。痛みを感じるほどの強い力だった。

(ええい、早くイッてくれ)

もはや気遣いも遠慮もなく、熟れた女体を責め苛《さいな》む。目のくらむ快美を振り払い、蕩ける女芯を蹂躙《じゅうりん》して悦楽の園へと追いやる。まさに肉を切らせて骨を断つというところか。

そんな輝正の努力など知らぬふうに、杉菜は快感を享受していた。

「いいの、いいの、もっと速く――あうう、突いてぇ」

隣近所にも聞こえそうな大声をあげ続け、汗ばんだ肌から甘ったるいフェロモンを振り撒く。とめどなく溢れる愛液が、交わりによってグチュグチュと泡立つのがわかった。おそらく畳にまでこぼれているだろう。

(ああ、まずい)

頭の芯が蕩けてくる。このままでは先に達してしまうと危ぶんだとき、杉菜が頂上に走った。

「あ、いく……イッちゃう」

息を荒ぶらせ、ピンクに染まった肢体をわななかせる。

「いくいく――う、ううう、あはぁッ！」

喜悦の悲鳴がほとばしる。それ以上の動きを拒むように、彼女は男の腰に巻きつけた両脚を締めつけた。

奥まで突き込んだところで、輝正は停止した。締まる女膣に逆らうようにペニスを脈打たせ、けれどどうにか射精を回避する。

彼女をオルガスムスに導いたのであり、そのまま欲望を解き放ってもよかったかもしれない。だが、中に出す許可を得ていなかった。腰をがっちり固定されて分身を抜くこともできず、堪えるしかなかったのだ。

「はあ……はあ――」

胸を大きく上下させる杉菜が、ほんのりアルコールの混じった息を吹きかけてくる。掲げた両脚がほどかれ、ようやく輝正は自由を得た。

（間に合った……）

実感がこみ上げホッとする。汗が額から頬に伝い、かなり汗をかいていることに気がついた。湿ったシャツが肌に張りつく感じもある。

四肢を畳に投げ出した彼女は、牡の欲棒を咥え込んだままぐったりしていた。緩やかに締めつけてくる柔ヒダが心地よく、射精欲求がかなりのところまで高まる。

このまま続けていいものか迷ったとき、

ドンドン――。

何かを叩く音に輝正はドキッとした。

(え、これは――)

居間と座敷の境の板戸が叩かれているのだ。そして、誰の仕業かもすぐに理解する。

輝正はペニスを抜き去り、とりあえずトランクスだけを穿いた。隣の和室を急いで覗けば、案の定ベッドはもぬけの殻だ。そして、座敷へ通じる襖が開いている。

「ばあちゃんっ！」

大声で呼び、座敷に飛び込む。チヅは前のときと同じように、板戸につかまってそこを叩いていた。

「どうしたんだよ、ばあちゃん⁉」

耳元で問いかけると、祖母は見えない目をこちらに向けた。

たった一言で答える。誰に問われたのかもわかっていない様子だ。

「便所に行きたいんなら、呼べばいいじゃないか」

座敷を抜けてトイレに連れていく途中で、輝正はチヅをなじった。セックスの途中でこういうことになり、苛立ちを隠せなかったのだ。けれど、

「呼んだけも、誰も来んかったしさ」

不満げに言われ、口をつぐむ。おそらく行為に夢中だったのと、杉菜のよがり声が大きかったせいで気づかなかったのだ。

用を足し終えたチヅを、輝正は再び座敷経由で和室に戻した。居間を抜けたほうが近いのだが、そこには杉菜がいる。たとえ見えなくとも、気配で察するのではないかと危惧したのだ。

チヅを寝かしつけて居間に戻ると、杉菜はまだ素っ裸のまま、からだを丸めて寝息をたてていた。絶頂疲れで睡魔に襲われたのだろう。

やり切れなさを覚える。熟れた裸身を目の前にしても、リビドーが上向きになることはなかった。ペニスもとっくに萎えており、トランクスの内側を先走りで虚しく濡らす。

（おれ、杉菜姉ちゃんを抱いたんだ……）

あれだけ繋がりを欲したのに、これでよかったのかという思いに苛まれる。ここから無性に逃げだしたくなった。

だが、そんなことができるはずない。

杉菜に毛布をかけ、輝正は卓袱台の脇に腰をおろすと、残っていたビールを飲んだ。気が抜けてぬるいそれは、ただ苦いだけであった。

第三章　記憶

1

土曜日の朝――。

東京にいるときも、休日だからといって朝寝をすることはなかった。むしろ普段より早く起き、執筆に励んだ。

たとえ疲れていても、少しも苦ではなかったのは、夢に向かっていたからだろう。小説家になりたい、いい作品を書いて認められたいと思っていたから、頑張れたのだ。

今朝も早く目覚めたのは、けれど執筆のためではない。チヅの世話があったからだ。

朝食を準備して食べさせ、トイレに連れていく。今日はデイサービスに行かないから、昼食も作らねばならない。自分ひとりなら適当に済ませるけれど、彼女も一緒ではそういうわけにはいかなかった。

他に掃除や洗濯もあったが、すること自体はそれほど多くない。必要なことを手早く済ませれば、小説の構想を練る時間はたっぷりとあった。

居間の卓袱台にノートパソコンを置き、「よし――」と気合を入れる。しかし、気持ちの切り替えがうまくいかない。馴染んでいた東京暮らしとは環境が異なるから、なかなか集中できなかった。

(いつまでこんなことを続けるんだろう……)

とにかく、昌江が退院しなければどうにもならない。検査結果や具合を確認しに病院に行きたかったが、チヅをひとり残していけなかった。あとのことを杉菜に頼んでとも考えたけれど、昨晩のことを思い返すと気まずさが先に立ち、依頼することがためらわれた。

(やっぱり言い過ぎたよな……)

後悔が気持ちを重苦しくさせる。その一方で、年上の女へのやり場のない思いも湧いてくるのだ。

――結局、杉菜が目を覚ましたのは、深夜近くになってからであった。

「あ、ごめんね。つい寝ちゃった」

身を起こした彼女は、素肌に毛布をまとって恥じらいの笑みを浮かべた。

愛らしさと色気を併せ持つ媚笑に、けれど輝正は笑い返せなかった。ノートパソコンに向かっていた彼は、ちょうど新作の構想が浮かびかけたところだった。

「すごく気持ちよかった……わたし、あんなに感じたのって初めてよ」

甘えてしなだれかかってくる熟女の吐息は、寝起きの乾いた匂いがした。

「服、着れば？」

素っ気なく言い放つと、杉菜は意外だという顔をした。

「え、だって、輝正君はまだでしょ？」

当然続きをするものと思っていたらしい。手をのばして股間をまさぐってきた。

不意に苛立ちにかられる。輝正は牡を求める手を乱暴に振り払った。

「やめろよっ！」

思わず大きな声を出してしまい、自分でも驚く。だが、それ以上に驚愕したのは、彼女のほうだったろう。

「輝正君……」

見開かれた目が潤《うる》みだす。居たたまれなくなり、輝正は目を伏せた。

「今はそういう気分じゃないんだ……それに、仕事の途中だから」

呻くように告げると、少し間を置いたあと、

「ごめんね」

杉菜が謝った。明らかな涙声に、彼女の顔を見ることができない。こみ上げる罪悪感を振り払うべく、輝正はノートパソコンに向き直った。

背後で小さな衣《きぬ》ずれがする。音をたてまいと気を遣っているらしい。それすらも、彼には当てつけのように感じられた。

杉菜がそこにいること自体が、なぜだか耐えられなかった。

（あんなに親切にしてくれたのに……）

だが、すべてがセックスを求めるためだったのかもしれない。疑心が募り、素直に感謝する余裕を失っていた。

「……じゃ、帰るね」

小さくつぶやいて、杉菜が出てゆく。輝正は見送ることも、礼を述べることもせず、ただ無言でうなずいただけであった──。

2

昼食後、チヅをベッドに戻し、輝正は居間でノートパソコンを開いた。そのとき、

「ごめんください」

玄関を開ける音に続いて、聞き覚えのある声がする。

「あ、はーい」

居間を出ると、思ったとおりケアマネージャーの範子であった。今日はスーツではなく、普段着っぽいワンピースをまとっている。それに手ぶらだ。

「あ、どうも」

頭をさげると、彼女はニコニコと無邪気な笑顔で訊ねた。

「チヅさんはどんなご様子ですか？」

「ああ、えと、特に変わりはないですけど」

「ちょっと上がらせていただいてもよろしいですか？」

「あ、はい、どうぞ」

「失礼いたします」

躊躇《ちゅうちょ》なくあがりこみ、居間を抜けて奥の和室へ向かう範子に、輝正は首をかしげた。

（ケアマネージャーって、こんなふうに家庭訪問をすることもあるのかな？）

慣れた様子から、何度も来ていることが窺《うかが》える。だが、仕事で訪れた感じではない。

そのあたりのことを質問しようとするより前に、

「おばあちゃん、お元気ですか？」

彼女はさっさとベッドの脇に行き、身を屈めてチヅに声をかけた。

「んあ——」

ウトウトしていたらしいチヅが、寝ぼけた声を発する。それでも、訊き返すことなく問いかけに答えた。

「ああ、元気だぁ」

「どこか痛むところはないですか？」

「ああ、ねえなあ」

それほど大きな声を出しているわけでもないのに、耳の遠い祖母にはちゃんと聞こえているようだ。

（さすがだな）

普段から年寄りと接しているから、声の出し方などを心得ているのだろう。

範子は掛布団をめくり、チヅの足を確認した。それからふり返り、輝正に訊ねる。

「座布団ありますか？」

「ああ、はい。ありますけど」

「一枚お借りしてもいいかしら？」

「あ、はい」

輝正は居間に戻り、座布団を持ってきた。

「はい、どうぞ」

「ありがとう」

範子は受け取ったものを半分に折り、チヅの足の下に差し入れた。

「ばあちゃんの足、どうかしたんですか？」

「チヅさん、足がよくむくむんです。休むときには、こうして足を高くしておくといいんですよ」

説明されてよくよく見れば、たしかに祖母の足は、全体が焼いた餅のようにパンパンになっていた。そんなところ、まったく気に留めていなかった。

「すみません。気がつきませんでした」

頭をさげると、範子は朗《ほが》らかな笑顔を見せた。

「いえ、わたくしが昨日のうちにお伝えすればよかったんです。あ、それから、水分も多めにとれるようにしてあげてください。年をとると、どうしてもからだの機能がうまく働かないところが出てきますから、こういう症状が出るのも仕方ないんです。わたくしもなるべく気をつけて見るようにしますけど、輝正さんもお気づきのことがあったら、何でもお訊きになってください」

決して押しつけがましくないアドバイスに、輝正は好感を持った。優しい女性だというのは昨日の訪問でも感じたが、最初の印象以上にきめ細やかで、思いやりのあるひとのようだ。

範子が再びチヅの上に身を屈める。

「おばあちゃん、足の下に座布団を置きました。邪魔だと感じるかもしれませんけど、我慢してくださいね」

「ああ、ありがとう。いつもわりいなあ」

礼を述べた祖母が、歯のない口を嬉しそうにほころばせる。

（ばあちゃんが笑った！）

それは今回帰郷して初めて目にした、チヅの笑顔であった。

（孫のおれにだって、こんな顔を見せなかったのに……）

目が見えないから仕方ないのかと思っていたが、そういうことではなかったのだ。要はどれだけ相手を信頼しているのかということなのだろう。

だが、チヅは誰と言葉を交わしているのか、はっきりわかっていなかったらしい。

「おめえ、昌江だかや」

問いかけに、範子は笑顔を見せた。

「いいえ、範子です」

「ああ」

チヅも笑う。だが、間違えられたにもかかわらず、範子が嬉しそうにしていたものだから、輝正は首をかしげた。おまけに「源」ではなく、「範子」と名乗ったのだ。

(娘と間違われたから、光栄だと思ったのかな?)

苗字ではなく名前を告げたのも、相手の問いかけに合わせたか、親しい関係のあらわれなのだろう。ともあれ、チヅが範子を信頼しているのは確かなようだ。

チヅが安心したらしく目を閉じたので、ふたりは居間に戻った。輝正がお茶を用意しようとすると、

「いいえ、すぐに失礼いたしますから」

範子は丁寧に辞した。しかし、玄関には向かわず、卓袱台の脇に正座する。

「ところで、今のところ何かお困りのことはありませんか？」

同じく膝をついた輝正は、この問いかけに胸から溢れ出すものを感じた。

「まあ、そんなに深刻なことでもないんですけど――」

とにかく話を聞いてもらいたいという熱望があった。それを懸命に抑え込み、感情的にならぬようなるべく冷静に言葉を紡《つむ》ぎ出す。けれど、姿勢が次第に前のめりになるのを、どうすることもできなかった。

とにかく不安でたまらないということを、輝正は範子に訴えた。いつまでこんな生活が続くのか、仕事はどうすればいいのか、祖母のこと、母のこと、家のこと――。気がつけば介護に関係ないことまで、切々と述べていた。

ありったけの思いをぶつけられたのは、範子が親身に耳を傾けてくれたからだ。口を挟むことなく、時おり小さく相槌を打ちながら、共感の面持ちを崩さなかった。

おかげで輝正は、胸に巣食っていたわだかまりを、ほとんど吐き出すことができた。さすがに杉菜とのことは打ち明けられなかったが。

喋りすぎて、喉の渇きを覚える。つまらないことを長々と話してしまったと、自己嫌悪にもとらわれたとき、

「大変だったんですね……」

範子がしみじみとうなずく。それだけで、輝正は気持ちが楽になった。

「今まで東京にいらしたのに、こちらに帰られてすぐにああいうことになって、お悩みが尽きないのもよくわかります。まして、お母様が入院されてご心配でしょうし、不安になられるのも当然ですわ」

言ってから、範子は坐り直した。

「あの、わたくしのお話を少しだけ聞いていただけますか?」

「はい」

輝正も居ずまいを正した。

「今の状況や、今後のことで輝正さんが不安になり、お悩みになるのは、とてもよくわかります。ただ、その中には悩んでもどうしようもないことがありますよね? たとえば、チヅさんと昌江さんが輝正さんのご家族で、他に身寄りがない以上、輝正さんがお世話をするしかないということ」

「ええ、まあ」

「それから、チヅさんももうお年ですから、これからますますからだの自由がきかなくなることや、昌江さんが入院なさっていること。これらは変えようのない事実ですよね?」

「はい」

「それらのことに関しては、いくら悩まれてもどうしようもないのですから、これはもう仕方がないと考えるしかないと思うんです」

「仕方がない……」

「あ、でも、諦めるということではありません。受け入れるんです。つまり、チヅさんのことも昌江さんのこともあるがままを受け入れて、ではどうするのがいいのかを考えるということです」

なるほど、と、輝正は納得してうなずいた。

「どうにもならないことっていうのは、誰にもあると思うんです。わたくしもお気楽な人間に見えるかもしれませんが、これでけっこう悩むこともあるんですよ」

「え、範子さんがですか？」

思わず訊き返してしまい、しまったと後悔する。悩みなどないと決めつけているようなもので、失礼であることに気がついたのだ。

「あら。やっぱりわたくしには、悩みなんてないと思われてたんですね」

笑顔で睨《にら》んでくる彼女に、輝正は恐縮して肩をすぼめた。

「すみません……そういうつもりじゃなかったんですけど」

「ふふ、冗談です。ただ、わたくしは悩むことがあっても、変えようもないことは素直に受け入れることにしてるんです。運命——なんて言うと大袈裟ですけど、足掻《あが》いてもどうしようもないことってありますからね」

にこやかに述べる範子はまだ若いのに、様々な経験を乗り越えているような強さを感じさせた。だからケアマネージャーという責任ある仕事も勤まるのだろう。

「たしかにそうですね。おれがここにいて、ばあちゃんがいて、母さんが病院にいることは、とりあえず変えられないんですから」

「ええ。ただ、お母様はいずれ退院なさるんですし、それから後のことは、そのときに考えられたほうがいいと思います。不確かなことでいくら悩まれても、事態が好転することはありませんわ」

「そのとおりです、本当に」

「あとは、困ったときの何とやらです」

「え?」

「神頼みですよ」

範子は可笑《おか》しそうにクスクス笑った。

「おばあちゃんの目が見えるようになりますように、お母さんが元気になりますようにって、神様にお祈りするんです。願いが叶えばラッキーですし、もしも叶わなかったら、神様に文句をつければいいんですから。それで少しは気が楽になります」

思いもよらなかったアドバイスに、輝正もつられて口許を弛めた。

「全部神様のせいにしたら、罰が当たるんじゃないですか？」

「あら、神様はそのためにいるんですもの。そんなことぐらいで怒るようだったら、神様の資格はありませんわ」

「なるほど」

「この先に、お宮さんがありましたよね。今度チヅさんと一緒に、お参りにいかれたらどうですか？」

「ええ。是非そうします」

笑顔で言葉を交わしたことで、前向きにもなれる。一時間前の自分と比べると、まるで生まれ変わったかのようだ。

「では、わたくしはこれで。長居して申し訳ありませんでした」

範子がお辞儀をしたのに、輝正は（え、もう帰るの？）と落胆した。もっとここにいてほしい。心安らぐ笑顔をずっと見ていたい。そんな思いが胸を焦がすほどにこみ上げる。

しかし、そういうわけにはいかない。彼女には彼女の生活がある。

（彼氏とかいるのかな……）

そんなことをチラッと考える。

「いえ、話を聞いてくださってありがとうございました。おかげで元気になりました」

「それならよろしいんですけど」

玄関まで範子を見送りに出たところで、輝正はふと思い出して訊ねた。

「今日はお仕事のほう、お休みだったんじゃありませんか？」

「え？　ああ、そうですね」

「すみません。せっかくの休日に、わざわざ来ていただいて」

「いいんですよ。チヅさんがどうしてらっしゃるか、気になったものですから。それから、輝正さんのことも」

「え、おれ？」

「はい。慣れないことばかりで、お困りかもしれないと思いまして」

施設の利用者でもない自分のことまで気にかけていてくれたとは。嬉しくて有り難くて、瞼の裏が熱くなる。

「では、失礼いたします」

「ありがとうございました。また明後日ばあちゃんが行きますので、よろしくお願いいたします」

深々と頭を下げた輝正の耳に、

「え、あさって？」

と、怪訝な声が聞こえた。顔をあげると、範子がきょとんとした顔を見せている。

「ええ、明後日です。月曜日でしたよね、ばあちゃんのデイサービス――」

言い終わらないうちに、

「あ、いけない。忘れてたっ！」

素《す》っ頓狂《とんきょう》な声が玄関に響き、輝正はギョッとした。

「どど、どうしたんですか⁉」

「チヅさんの短期入所が決まったんです、月曜日から。わたくし、そのことを伝えに来たんだったわ」

しまったというふうに顔をしかめた範子に、輝正は吹き出しそうになった。

（けっこうオッチョコチョイなのかな？）

だが、かえって親しみが持てる。

「月曜日に、チヅさんには身ひとつで施設に行っていただいて、必要なものや手続きに関しては、向こうの職員が説明をすることになっています。とりあえず印鑑と、チヅさんの介護保険証と健康保険証を準備しておいてください」

「印鑑って、ばあちゃんのですか？」

「いいえ。入所の契約はお母様か輝正さんとすることになりますから、どちらかのものをお願いします。それで、お母様が契約者というか身元引受人の場合、輝正さんは代理人ということになります。ただ、それだと二度手間だということなら、輝正さんが身元引受人でもだいじょうぶですよ」

「そうなんですか……まあ、母はまだ退院も決まっていませんし、おれの名前で」

「そうですね。そのほうがいいと思います」

「他に用意しておくものはないんですか？」

「身の回りのものは、すべて向こうにあります。紙パンツなども。あとは普段着や下着ですが、何が何枚ぐらい必要かというのは、向こうで説明を受けてからにしてください」

「わかりました」

「あ、それで、施設の名前は『やわらぎホーム』で、場所は海南《かいなん》地区の――」

そこは、昌江が入院している総合病院から、同じバスで十分ほどの場所だった。

「あそこにそんな施設がありましたっけ？」

「二年前にできたんです。新しくて、設備も環境もいいところですよ。月曜日には迎えの車が来ますから、わたしがチヅさんといっしょに行きます。輝正さんはお母様のところに寄られて、その後で向かってくだされぱいいですわ」

「わかりました」

「ええと、他に言わなきゃいけないことはなかったわよね……」

つぶやいてから、範子はふうとため息をついた。

「ごめんなさいね。こんな大事なことを忘れるなんて」

反省してか、自分の頭をげんこつでコツッと叩く。そんなしぐさは、いかにも年齢相応の若い娘というふうだ。

(可愛いな)

思わず笑みがこぼれそうになる。

「いえ、何から何まですみません」

「心配なことやわからないことがあったら、遠慮なくおっしゃってくださいね」

「はい。ありがとうございます」

「それでは、失礼いたします」

範子はペコリと頭を下げ、玄関を出ていった。

(……そうか。ばあちゃんの短期入所が決まったのか)

ひとりになり、輝正は安堵した。これで少しは肩の荷がおりると思いかけて、そんなことでいいのかと自責の念にかられる。

(ばあちゃんを他人任せにして、自分が楽になればそれでいいのか？)

しかし、その答えはすぐにでた。

《無理をしないで、ひとりひとりができることをすればいいのよ――》

範子の声が聞こえた気がした。何でも背負い込んで自滅すれば、祖母も巻き込むことになりかねない。それよりは、信頼できるところに任せたほうがいいだろう。

(餅は餅屋ってことだな)

納得して居間に戻りかけたとき、玄関が開く。

「輝正君――」

遠慮がちに顔を覗かせたのは、杉菜であった。

「あ……」

輝正は言葉に詰まり、ふたりは無言で見つめあった。

(……やっぱり、謝ったほうがいいよな)

あれだけ親身になってくれた彼女に、手のひらを返す態度をとってしまったのだ。しかし、そんな気持ちも、次の杉菜の言葉で薄らいだ。

「ねえ、今のひと、誰？」

「え？」

「ずいぶん長くいたみたいじゃない」

範子のことを言っているのだと、すぐにわかった。だが、何をしていたのかと訝る眼差しに、無性に苛立つ。

（何だよ。一度関係を持ったぐらいで、もう恋人気どりなのか？）

杉菜が嫉妬していると思ったのだ。範子を貶《おとし》められたようで、それにも腹が立つ。

「ケアマネージャーだよ。ばあちゃんが通ってる施設の」

不機嫌をあらわに答えると、年上の女はますます疑念をあらわにした。

「え、前のひとから変わったの？」

「知らないよ。おれはあのひと——源さんしか会ってないから」

「そう……」

杉菜が半信半疑の面持ちでうなずく。それから、言いにくそうにお願いを口にした。

「ね、ちょっと上がってもいい？」

「どうして？」

「話したいことがあるの」

口実に違いないと、輝正は思った。そうやって上がり込み、またセックスをするつもりなのだと確信する。

「悪いけど、忙しいから」

素っ気なく告げると、杉菜が信じられないという顔をした。

「ちょっとだけよ。輝正君に相談があるの。あのね――」

「だから忙しいんだってば！」

激情にかられ、つい声を荒らげてしまう。それは三和土《たたき》にわんと響いた。

杉菜が驚きをあらわにする。打ちひしがれたふうに目を伏せた。

「そう……ごめんね」

玄関の戸がそっと閉められる。立ち去る足音は、すぐに聞こえなくなった。

（ああ、また――）

輝正は自己嫌悪に囚われた。

3

チヅのすぐ横で仕事をしていた輝正は、いつの間にか眠ってしまったらしい。気がつくと、ベッドが空になっていた。

（ひとりで便所に行ったのか？）

ところが、トイレはもちろんのこと、家の中のどこを探してもチヅの姿はない。

（まさか外に――）

玄関に出てみれば、車椅子もなくなっている。それに乗ってひとりで出かけたのだろうか。しかし、祖母はひとりで車椅子を操ることはできないはずだ。

とりあえず外に出て、輝正はチヅを探した。昔から変わらぬ路地を歩くうちに、これは夢なのだと気づく。足が妙に重く、そのくせ地面を踏んでいる感触がほとんどなかったからだ。

夢の中で夢だと気づくことは、以前にもあった。特に疲れているときに多い。ただ、夢だとわかっても行動の主体、つまり自らをコントロールすることはできない。それに、自分の意志で目を覚ますことも不可能だ。

やむなく輝正は、夢の流れに従った。

チヅはどこにもいない。探すうちに、神社に着いた。小さい頃によく遊んだ、懐かしい場所。

長い石段をのぼり、鳥居をくぐる。境内に足を踏み入れると、そこに少女がいた。中学校の制服姿の彼女は、かつての杉菜だ。

どうやら自分も小学生になっているらしいとわかる。なぜなら、杉菜が中学生であることをおかしいと感じないからだ。彼女のほうも、あの頃と変わらぬあどけない眼差しでこちらを見つめていた。

いつの間に時間を遡《さかのぼ》っていたのだろう。路地の景色がまったく変わっていないから、気がつかなかったようだ。

(杉菜姉ちゃん、何をしてるんだろう?)

拝殿の階段に腰を下ろした杉菜が、意味ありげな笑みを浮かべる。そのとき、ようやく気がつく。脚を開いているから、スカートの奥にむっちりした太腿と、いかにも中学生が穿くものという綿の白い下着が見えたのだ。

心臓が高鳴る。夢の中か、それとも現実の自分の鼓動かはわからない。ただ、少女の無邪気であられもないポーズを、エロチックなものに感じたのは間違いない。

《ねえ、何して遊ぶ?》

問いかけた杉菜が、さらに脚を開く。もはや見せつけられているという状況だ。いや、誘われているのか。

(もっと見たい——)

思うなり、中心部分がカメラを覗いているようにズームアップする。股間に喰い込むクロッチの縦ジワばかりか、中心が薄らと黄ばんでいるのまではっきりと見えた。思春期の甘ったるい乳くささが漂ってくるのも感じる。

そこを凝視する輝正の意識は、明らかに少年のそれであった。年上の少女が見せつけるスカートの奥に、激しく昂奮する。見てはいけないという自戒も湧いていたが、胸を衝きあげる幼い劣情が、目を逸らさせなかった。

《こっちにおいで——》

杉菜が片方の脚を持ちあげる。下着の中心がよじれ、さらに淫靡な眺めを呈した。内腿のなまめかしい白さが眩《まぶ》しい。

（ああ、いやらしい……）

牡の分身が反応する。ズボンを内側から突き上げ、痛いぐらいの猛々《たけだけ》しさだ。胸の鼓動がますます激しくなる。

輝正は息苦しさを覚えた。呼吸がうまくできず、ゼイゼイと喉を鳴らす。少女の甘い香りにもむせ返りそうであった。

（あ、そうか、これは——）

不意に理解する。どうしてこんな夢を見ているのかということを。

けれどそれは、夢の中の自分が悟りを得ただけであった。具体的に何を理解したのか、少しもはっきりしない。

いったい何がわかったのか。この夢が意味するものは何なのか。

輝正は考えた。それにより意識が現実へと導かれ、目の前の景色がぼやけてくる。

（もう終わりか……）

このまま目が覚めるのだろうと思うなり、視点が切り替わる。気がつけば、鳥居の上あたりから情景を俯瞰《ふかん》していた。夢の中の人物ではなく、夢を見ている主体の視点になったようだ。

拝殿の階段に杉菜。その前にいる小学生らしき少年が自分らしい。やはり時間を遡り、子供のころに戻っていたようだ。

と、拝殿の陰に、もうひとりの人物がいることに気がついた。

（え、範子さん!?）

景色全体に霞《もや》がかかっていたから、顔がはっきり見えたわけではない。だが、夢を見る自分には、それが範子であるとわかった。

いったいどうして彼女がここにいるのかと、思ったところで目が覚める。

「あ――」

瞼を開くなり、輝正は小さな声を洩らした。今の夢の始まりと同じく、チヅのベッドの脇にいたものだから、まだ夢を見ているのかと混乱したのだ。

　畳にノートパソコンを置き、輝正はあぐらをかいてベッドの縁にもたれていた。だから眠りが浅く、あんな夢を見たのかもしれない。脚も右側だけが痺れていた。

　伸びあがって確認すると、チヅはちゃんとベッドの中にいた。瞼を閉じ、寝息を立てている。

（よかった……）

　安心し、まだぼんやりする頭で、輝正は夢の内容を反芻《はんすう》した。早くも曖昧《あいまい》になりかけていたものの、中学生の杉菜のスカートの中だけが、やけにリアルに思い出せた。

　そのとき、唐突に記憶の扉が開く。

（そうだ、あれは――）

　ようやくわかった。たった今見た夢は、現実にあったことの焼き直しであるのだと。

　けれどそれは、振り返りたくない過去であった。だから胸の奥に封じ込め、なかったことにしていたのだ。

（あのときおれは……そうすると、あれは杉菜姉ちゃんが――）

　ほころびたところから、しまい込んでいた記憶がボロボロとこぼれる。幼い日の自分に愛しさと嫌悪の両方を覚えながら、いくらか冷静にあの日のことを思い出せた。

それは、誰にでも経験があるであろう、大人への扉を開けた瞬間であった。肉体だけではなく、精神的にも。

ただ、今の夢で、ひとつだけわからないことがある。

(どうしてあそこに範子さんがいたんだろう)

あれはもう、二十年近くも昔の出来事だ。なのに、彼女だけは今と変わらぬ、大人の姿だったのだ。

理由を解き明かそうとして、すぐに無意味だと気がつく。過去と現在が入り交じるのは、夢にありがちなことではないか。

足の痺れがおさまり、輝正は立ちあがった。障子窓を閉め切った部屋の中は薄暗い。日が暮れかけているのだろう。

歯のない口を半開きにした寝顔を見つめ、そろそろ夕食の仕度をしようと思ったとき、チヅが瞼を開いた。白く濁った瞳が、少しだけ覗く。

「範子は?」

いきなりの問いかけに戸惑いつつ、輝正は「もう帰ったよ」と答えた。

「そいんか……」

残念そうにつぶやき、再び瞼を閉じる。チヅはまた眠ったようだ。

（ひょっとしたらばあちゃんも、範子さんの夢を見ていたのかな）

寝つく前のことを、祖母がすぐに思い出すはずがない。夢と現実がごっちゃになり、それであんなことを訊いたのだろう。

（だけど、どうして範子さんを呼び捨てにしたんだ？）

夢の中の範子はケアマネージャーではなく、身内か何かだったのだろうか。

輝正はチヅの掛布団をととのえると、ノートパソコンを手に居間に移った。時計を見ると、五時を回っている。

「夕食は何にしようか……」

つぶやいて、台所に向かう。そのとき、罪の意識が胸の奥から湧いてきた。

（やっぱり、杉菜姉ちゃんに謝るべきだよな）

あんな夢を見たせいもあるのだろうか、輝正はそうしなければと切に思った。

4

早くしなければと焦《あせ》りつつもためらいが先行し、結局夜になってしまった。

（明日でいいかな……）

できれば先延ばしにしたかった。しかし、そうするとますます謝りづらくなるだろう。

迷いに迷い、ようやく重い腰を浮かせたのは、午後十時を回ってからであった。

(もう寝てるかもしれないし、そうしたら明日にしよう)

逃げ道が見つかったから、決心がついたようなものだった。

チヅがよく眠っているのを確認してから、輝正は外に出た。他に家族がいるのだから、こんな時間に玄関から訪問するのはまずいだろう。

(たしか杉菜姉ちゃんの部屋は――)

小さい頃の記憶をほじくり返し、見当をつけて裏手に回る。すると、明かりが洩れるガラス窓があった。カーテンが締められており、中を確認することはできない。

(ここだよな……)

とりあえず、ガラスをノックしてみることにした。もしも杉菜と違う声がしたら身を隠せるよう、姿勢を低くする。

コツコツ――。

そっと叩いたつもりだった。しかし、暗がりに身をひそめる輝正には、その音がやけに大きく響いた。

息を呑んで返事を待つ。けれど、反応がない。

（いないのかな？）

中にいれば聞こえなかったはずはない。それでも、もう一度ノックしようと手をのばしかけたところで、カーテンに影が映った。

「……誰？」

怯えたような声に聞き覚えがあった。

「おれです。輝正――」

囁き声で答えると、カーテンが開けられる。ガラスの向こうにいたのは、果たして杉菜であった。

「輝正君⁉」

驚きを浮かべながら、彼女はすぐに窓も開けてくれた。

「どうしたの、いったい？」

「あの……杉菜姉――杉菜さんに謝らなくちゃと思って」

「え？　ああ……とにかく入って」

招かれるまま、輝正は窓から部屋に入った。

三十代の女性の部屋が、一般的にどんなものなのかはわからない。しかし、その六畳間がシンプルなほうであろうことは、輝正にも容易に想像がついた。

畳の中央に蒲団が敷かれている。スエットを着ているから、もう寝るところだったのだろうか。あとは和箪笥《だんす》と文机《ふづくえ》。花模様の衣装ケースが、唯一の女性らしい調度だ。壁にもカレンダーがひとつ掛かっているだけだった。

それでも、胸を高鳴らせる馥郁とした香りは、室内に悩ましいほどこもっていた。

「ここ、坐って」

杉菜が掛布団を剥ぎ、シーツをあらわにする。いいのかなとためらいつつ、輝正はそこに正座した。彼女は文机の前にあった座布団に腰を下ろした。

「脚を崩していいのよ」

あきれた顔を向けられて腰を浮かせかけたものの、すぐに居ずまいを正す。

「いや、先に謝らなきゃいけないから」

「謝るって……」

困惑を浮かべる杉菜にはかまわず、輝正はシーツにつくぐらいまで深々と頭をさげた。

「ごめんなさい。おれ、昨日の晩も、それから今日の昼間も、杉菜さんに失礼な態度をとりました。イライラしてたものだから、つい乱暴なことを言ったり。あんなに親切にしてもらったのに、本当に悪かったって思ってます。どうか許してください」

溜まっていた罪悪感をすべて吐き出したことで、いちおうホッとする。だが、まだ彼女は許すとは言っていない。

不安を抱えつつ、恐る恐る顔を上げれば、杉菜は困ったふうな笑みを浮かべていた。

「いいのよ、そんな謝らなくても……わたしは気にしていないから」

優しい言葉に安堵したものの、その気持ちに即座に甘えられるほど、輝正は厚かましくなかった。

「でも――」

「それに、謝らなくちゃいけないのは、わたしのほうかもしれないし」

「え？」

どういうことかと訝ったとき、文机の陰にあるそれに気がついた。

「……杉菜さん、どこか出かけるの？」

輝正の視線が向けられたところを、杉菜もふり返る。そこには中身がパンパンに詰まった大きなボストンバッグがあった。

「ああ……うん」

「どこに？」

質問に躊躇をあらわにした彼女は、それでも間を置いてから答えた。

「あのひと――別れた旦那のところよ」

「え、復縁するの⁉」

「そういうわけじゃないけど……」

杉菜が目を伏せ、小さなため息をこぼす。

「あのひと、入院してるの。事故に遭って。幸い命に別状はなかったんだけど、後遺症が残るかもしれないらしくって、本人はかなり落ち込んでいるみたいなの。このままじゃ治るものも治らないっていうぐらいに」

それでお見舞いに行くのかと思ったものの、用意してある荷物は、とてもその程度のものとは思えない。

「そのひとって、再婚してないの？」

「ええ。わたしと同じで独り《ひと》よ」

「浮気が原因で離婚したって、杉菜さんは言ったよね。その浮気相手のひととは？」

「さあ……でも、一緒にならなかったのは確かだわ」

杉菜は目を伏せたまま、座布団の房を指で弄《もてあそ》んでいた。そんなしぐさが、やけに子供っぽく見えた。

「向こうのお母さんから連絡があったの。来てくれないかって。自暴自棄になってるみたいだから、励ましてほしいって。それから、できればしばらく滞在して、入院中の世話もしてもらえないかとも言われたわ。向こうのご両親はうちよりも高齢だから、けっこう大変みたいなの。他の兄弟は仕事が忙しいみたいだし」

「それって、かなり勝手じゃないのかな。もともと離婚した原因は向こうにあるのに、この期《ご》に及んで助けてほしいなんて」

感じたことをストレートに口にすると、杉菜がピクッと肩を震わせた。ゆっくりと面を上げ、「本当にそうね」と、つぶやくように答える。

「連絡をもらったとき、わたしも同じように考えたわ。冗談じゃないって。実はね、離婚の慰謝料も全部もらってないの。彼はわたしと別れたあとに仕事を辞めて、その後はあちこち転々としていたそうよ。定職につけないで、生活も苦しかったみたいね」

自業自得だと思ったものの、さすがにそれを口にするのははばかられる。輝正は無言で相槌を打った。

「だからってわたしに頼るのは、お門違いもいいところじゃない。絶対に行くもんかって思ったわ。だけど、時間が経つにつれて、それでいいのかって迷うようになったの」

「どうして？」

「……たぶん、一度は夫婦だったからじゃないかしら。別れたとは言え、好きで結婚した相手だもの。このまま放っておいていいのかっていう気持ちになったの」

その気持ちは、輝正には理解し難《がた》いものであった。

「ただ、決心はつかなかったの。どうしようって、ずっと迷ってたわ。そんなときに、輝正君が帰ってきたの。おばさんが入院して大変だってわかって、わたしは、輝正君を口実にして、あのひとのところに行かないでおこうって考えたのよ」

「え、それって……?」

「輝正君がわたしを必要として、頼ってくれるようになれば、向こうに行くどころじゃなくなるわ。そうやって自分を納得させるために、輝正君を助けたの。セックスしたのだって、わたしを求めるように仕向けるためだったのよ」

杉菜の言葉を鵜呑みにすることはできなかった。告白したような気持ちがゼロではなかったとしても、彼女はもっと純粋な気持ちから助けようとしてくれたのだ。それだけは間違いないと確信できる。

「でも、輝正君は、わたしが期待したほどには頼ってくれなかったわ」

自虐的な笑みを浮かべた彼女に、輝正は居たたまれなくなった。

「そんなことないよ。おれは杉菜さんに助けられて嬉しかったし、気持ちもすごく楽になれたんだ。頼ってないなんてことはないよ。ただ……あのときはついイライラしちゃって、それだけなんだ」

懸命な訴えに、杉菜は瞳を潤ませた。

「ありがとう……輝正君」

それは、もうこれで終わりという意味の「ありがとう」なのだと、輝正は理解した。

「輝正君がわたしを突き放してくれて、本当はホッとしてたの。これであのひとのところに行けるんだって。後押ししてもらえて、感謝しているのよ」

つまり、最初から行くと決めていたということだ。そうとわかっていたら、あんなふうに冷たい態度はとらなかったのに。感謝しているなんて言葉も、当てつけにしか聞こえなかった。

(杉菜姉ちゃん、勝手すぎるよ……)

いや、勝手なのは自分のほうだ。杉菜を求めたいときにだけ求め、そうして邪険にした。彼女を引き止める資格などない。

「……向こうに行って、元の旦那さんとまた一緒になるの?」

問いかけに、ずいぶんと間を置いてから杉菜は答えた。

「それはないと思うわ。たぶん……」

曖昧な言い方に、絶対ではないのだと悟る。

「あのひとのところに行くことは、うちの両親には話してないの。ただの旅行ってことにしてあるわ。言ったら反対されるに決まってるから。一緒になるなんて、それこそ無理に決まってるわ」

それも取り繕《つくろ》った理由にしか聞こえない。いざとなったら、杉菜は思い切った行動に出るのではないかと思えた。もしもそんなことになったら、今以上に困難な状況を生み出すことは目に見えているのに。

だが、おそらく彼女は、その覚悟もしているのだろう。

母が入院し、祖母の世話をすることになったとき、どうして自分ばかりがこんな苦境に立たされるのかと嘆いた。けれど、ひとは多かれ少なかれ、様々な問題を抱えている。

それでも、懸命に日々を生きている。

「ねえ、輝正君に、最後のお願いをしてもいい?」

涙目の笑顔で言われ、輝正は胸が塞《ふさ》がれるようであった。

(最後って――)

それではまるで、今生《こんじょう》の別れではないか。

「……なに?」

「もう一度、抱いてくれる?」

願いを告げられ、輝正は身を強ばらせた。返事もできずに、ただ杉菜の目をじっと見つめる。

「わたしが輝正君としたのは、女としての自分を確認したかったっていう意味もあるの。わたしはもう、ずっと——そういうことをしてなかったから。男のひとから求められるだけの価値が自分にあるのか、確かめたかったのよ」

男のひとというのは、つまり別れた夫のことなのだろうか。再会したときに、元妻ではなくひとりの女として見てもらえるかどうかを気にして。

「もちろん、小さい頃から知っている輝正君だったから、あんな思い切ったことができたんだけど」

「……杉菜さんは——杉菜姉ちゃんはとても魅力的だよ。おれが保証するから」

呻くように告げると、彼女が嬉しそうに目を細めた。

「じゃあ、してくれる？」

答えを待たずに、杉菜はスエットを脱ぎだした。茫然とする輝正の前で肌を晒し、下着もすべて取り去る。流れるような動作に、口を挟む余裕などまったくなかった。

と言うより、喉の渇きを覚えるほどに昂奮していたのだ。

全裸の熟れたボディがすっくと立ちあがる。一糸まとわぬ姿は前にも見たが、そのとき以上に綺麗だと感じた。重力に逆らいきれないたわわな乳房も、豊かな腰回りも、萌え盛る恥毛も、牡の目を惹きつけて離さなかった。

「ね、輝正君も脱いで」

言われてようやくハッとする。焦り気味に服を脱ぎだした輝正を見つめながら、彼女が前に進んだ。生ぬるい牝の体臭も漂ってきて、ますます頭に血が昇る。

ようやく最後の一枚になったところで、杉菜がシーツに身を横たえた。トランクスを脱ぎ、魅惑の裸身に覆いかぶさろうとしたところで、艶めく眼差しが見つめてくる。

「ねえ、明かりを消して。それから、お蒲団も掛けてほしいわ」

輝正は言われたとおりに動いた。

5

蒲団の中は、杉菜の匂いでいっぱいだった。成熟した女体に絡みつき、素肌のなめらかさを全身で受けとめながら、輝正は泣きたくなるような感動にひたっていた。

(なんて柔らかくて、いい匂いなんだろう……)

飼い主に甘える犬のようにむしゃぶりつき、鼻を鳴らさずにいられない。

「このあとお風呂に入るつもりだったの。汗くさくてごめんね」

杉菜がくすぐったそうに身をくねらせて謝る。昨日のようにボディソープの香りがしなかったから、そうだろうとは思っていた。だが、素のままの匂いはひたすら好ましく、こちらのほうが断然いい。

「くさくなんかないよ。杉菜姉ちゃん、すごくいい匂いがするもの」

正直に告げると、彼女が「ば、馬鹿」となじる。恥じらって身を縮《ちぢ》め、暗くて見えないが、おそらく頰を真っ赤に染めているのではないか。

(可愛いな)

何となく意地悪をしたくなる。輝正は蒲団の中にもぐり込むと、乳房の谷間に顔を埋めてクンクンと嗅ぎ回った。ヨーグルトを連想させる甘酸っぱい乳酪臭が、鼻腔を悩ましくさせる。

「もう……いけない子ね」

杉菜が諦め口調でこぼし、頭を優しく撫でてくれる。それは、やんちゃな弟をたしなめる姉の振る舞いであった。

(杉菜姉ちゃんって呼ばれても、もう怒らないんだな……)

対等な男と女ではなく、お隣のお姉さんの立ち位置に戻ったということか。そして、輝正もそうならなければならないと思ったから、呼び方を元通りにしたのだ。

一抹《いちまつ》の寂しさと、それ以上の安心感をおぼえながら、輝正は乳頭に吸いついた。

「あふ――」

杉菜が背中を浮かせて喘ぐ。さらにピチャピチャと舌を躍らせ、しゃぶりながら吸いたてれば、上半身にわななきが生じた。かき抱くようにして後頭部に添えられた指にも、力が込められる。

「ん……はぁ」

身悶えつつも、あらわな声が発せられることはなかった。必死で堪えているらしく、荒ぶる息づかいだけが聞こえてくる。おそらく、ひとつ屋根の下にいる両親を気にしているのだ。

(昨日はあんなに派手によがっていたのに)

旅の恥はかき捨てではないが、自分の家でないからかまわないと思ったのだろうか。存在感を増した突起から唇をはずし、輝正はもう一方にも吸いついた。その瞬間、「あん」となまめかしい声が聞かれたが、年上の女はそれ以上乱れなかった。

もっとも、下半身は両脚がせわしなく擦りあわされ、腰もいやらしくくうねっていたのであるが。

「ね……あんまり激しくしないで。声が出ちゃう」

切なげな訴えに、かえって嗜虐《しぎゃく》心が煽《あお》られる。だったらもっと激しくしてやろうと、さらに蒲団の奥へと身を沈ませた。

「あ、駄目――」

彼女が悟ったときにはすでに遅く、輝正はわずかに開いていた太腿の狭間に顔をめり込ませていた。

「イヤイヤ、駄目よぉ」

必死で抗い、ずり上がって逃げようとする杉菜を、腰をがっちり捕まえて離さない。暴れる両脚が膝を離したのを狙い、鼻面をさらに中心へと近づける。

(ああ、すごい)

明かりを消している上に蒲団の中だから、肝腎《かんじん》なところがまったく見えない。そのぶん嗅覚が研ぎ澄まされたのか、むわむわと漂ってくる蒸れたすっぱみが強く感じられた。

いや、そこは実際に濃厚な淫臭を放っていたのだ。

「ああ、駄目なの……汚れてるからぁ」

杉菜が涙声で訴える。その部分がどういう状態であるのか、本人も充分に理解しているのだろう。

洗っていない陰部は彼女本来の匂いを遠慮なく放ち、それは牡の理性を根底から揺さぶる。もっと密着したいという衝動を抑えきれず、輝正は抵抗を示す下肢を乱暴に開かせると、秘毛が繁る中心に口許を密着させた。

「イヤッ」

鋭い声を発した杉菜が、太腿で頭をギュッと挟み込む。しかしそれは、むっちりと心地よい感触で輝正を悦ばせただけであった。

(ああ、すごい……)

なんていやらしい匂いだろう。極限まで熟成されたヨーグルト臭が鼻奥を切なくさせる。さっきからはち切れんばかりになっていた分身が熱湯を浴びたみたいに小躍りし、勢いよく反り返って下腹を何度も叩いた。

恥丘に密集する縮れ毛の狭間にも、肌と汗の匂いがこもっている。いっそ動物的なフェロモンは、それゆえに獣欲を煽るようだ。

嗅ぎ回れば、恥裂には尿の磯くささもわずかにある。魅力的な女性のものだから、これにも好ましさしか感じない。むしろ秘密を暴いたようでドキドキする。

「ね、ねえ……もういいでしょ?」

恥ずかしい匂いを嗅がれているとわかっているのだろう。だが、ヒップをもぞつかせての哀願も、何かをおねだりしているように感じられた。彼自身も、匂いの次は味という気分になっていたのである。

輝正は舌で秘毛をかき分けると、はみ出した花弁のあいだをひと舐めした。

「あひッ」

杉菜が声をあげ、腰回りをわななかせる。

（ああ、ヌルヌルじゃないか）

ねっとりした愛液が舌に絡みつく。乳首を吸われながら、あるいは秘部の匂いを嗅がれながら、肉体を火照《ほて》らせていたのか。

ほんのりしょっぱみのある淫蜜を夢中ですすり、輝正は舌をさらに深く差し入れた。内部を抉《えぐ》るように、溢れるものを掬《すく》い取る。

「うう……ア――ンぅうう」

杉菜は必死で声を圧《お》し殺しているようである。内腿をピクピクと痙攣させ、舌の動きに合わせて腰を忙しく上下に振りながら。

さすがに可哀想かと思ったものの、輝正はクンニリングスを中断しなかった。どこまで我慢できるか試すようなつもりで、敏感な部位を狙って舌を律動させる。暗くても、ぷっくりと大きくなったその部分が包皮を脱いでいたから、ターゲットは容易に確認できた。

「あ、んんっ、くぅ――」

腰の上下運動が激しくなる。唾液をまぶされた淫唇が猥雑な臭気を振り撒き、熱を帯びたようになっていた。

(そろそろイクんじゃないだろうか)

予想するなり、女体がぎゅんと強ばった。

「むううう、う——はぁ……」

大きく息を吐き出し、あとはぐったりとする。内腿がじっとりと湿り、なまめかしい性器臭も酸味を強めていた。

(イッたんだ……)

ひと仕事終えた気分にひたりつつ、まだ自身の欲望は解き放っていない。輝正は蒲団の中から這い出し、汗ばんだ柔肌に身を重ねた。

「……悪い子ね」

間近から覗き込むと、杉菜が気怠げにつぶやく。湿った吐息が顔にほわっとかかり、それは夕立のあとの匂いに似ていた。

「わかってるんでしょ? 父さんも母さんもいるから、わたしが声を出せないこと」

なじられて、輝正は囁き声で言い返した。

「だけど杉菜姉ちゃん、昨日はすごく大きな声を出してたじゃないか。隣にばあちゃんが寝てたのに」

「だって、おばあちゃんは耳が遠いから――」

反論しかけて、杉菜は不意に恥じらいを示した。

「ねえ、わたし、そんなに大きな声を出してたの？」

「うん。ひょっとしたら、隣近所にも聞こえてたかもしれないよ」

「嘘――」

自覚がなかったらしく、彼女は身をよじって煩悶する。

「もう……そういうときは男のほうが気を遣わなきゃ。キスをして口を塞ぐとか」

「やったよ。だけど、杉菜姉ちゃんが嫌がって駄目だったんだ。たぶん、大きな声を出さないと感じないからじゃないの？」

「なによ。それじゃ、わたしがインランみたいじゃない」

「うん。昨日の杉菜姉ちゃん、すごくいやらしかった」

「馬鹿」

会話をするあいだに、輝正は腰を割り込ませていた。硬く強ばりきったペニスが濡れた谷にめり込み、疼きを女陰に訴えかける。

「輝正君、したいの？」

杉菜が腰をくねらせ、熱っぽい口調で訊ねる。抱いてとお願いしたのはそっちじゃないかと思いつつ、

「当たり前だよ。もう、こんなになってるんだから」

分身を雄々しく脈打たせると、彼女は悩ましげな吐息をこぼしつつ脚を開き、膝を立てた。そうやって自ら受け入れる準備をしながらも、

「いやらしいのは輝正君のほうだわ」

弟をたしなめる姉の口調でなじる。けれど、肉根が少しずつ入り込むと、それだけで悩ましげな呻きをこぼした。

（熱い――）

トロトロに煮えたぎった蜜壺は、牡を呑み込むごとく柔ヒダを奥へと蠕動《ぜんどう》させる。まだ頭部が侵入しただけなのに、目のくらむ快美に襲われた。

「あ、あっ――」

杉菜が焦った声をあげてしがみついてくる。輝正は余裕をなくし、一気に女体の奥へと滑り込んだ。

「くうぅ」

呻いてのけ反った柔らかな肢体に、無我夢中で抱きつく。そのときには、根元までが温

かくヌメついた淵に埋まっていた。

（入った……）

これが二度目なのに、初めて結ばれたような気がする。全裸で肌を合わせているからだろうか。

「い、いきなり挿れないで。びっくりするじゃない」

杉菜が呼吸をはずませながら言う。そのわりに、内部は歓迎するように牡の漲りを締めつけていた。

「ごめん。だって、杉菜姉ちゃんの中が、すごく気持ちいいから」

「そんなこと、いちいち言わなくていいの」

余計な発言を制するように、年上の女が頭をかき抱く。唇を奪われ、強く吸われた。続いて、唾液をたっぷりとまぶした舌が入り込んできた。

性器を交わしながらの、舌を深く絡みつかせてのくちづけ。全身が溶け合う心地にひたり、そのまま五分以上ももつれあっていたのではないか。汗ばんだ肌が密着し、軟体動物になって本能のみでセックスをしている気分だった。

唇が離れる。ふたりは同じリズムで呼吸をした。

「ね、ゆっくり動いてね。激しくされたら、また声が出ちゃうから」

「うん、気をつけるよ」

「それでも声が出ちゃったら、今みたいにキスしてね」

「わかった」

「それから……出したくなったら、中でいってもいいわ」

暗がりで見えなかったが、杉菜は頬を染めているに違いないと思った。

「うん。じゃ、動くよ」

輝正はゆっくりと抜き挿しを開始した――。


オルガスムス後の気怠さに包まれ、輝正は見えない天井を見あげていた。

声を殺しながらも同時に昇りつめた杉菜が胸に寄り添い、蒲団の中で牡器官を弄ぶ。彼女の中に多量の精を放ったそれは、満足げに縮こまっていた。

くすぐったい快さにひたりながら、輝正は口を開いた。

「杉菜姉ちゃん……昔、最後に神社で遊んだときのこと、憶えてる？」

「え？」

「あれは遊んだっていうか、偶然会っただけだったんだけど――」

杉菜は何も言わなかったが、ペニスに触れている指が動きを止めたから、きっと思い出しているのだろう。

その日、小学生だった輝正は、ひとりで神社に向かった。誰か遊んでいる仲間がいないかと思って。

ところが、そこには当時中学生の杉菜がいるだけであった。あの夢で見たように、拝殿の階段に腰かけて。

お隣でも、その頃には彼女と一緒に遊ぶことなどなくなっていた。だが、久しぶりに顔を合わせたことで懐かしくなり、ふたりはかつてのように親しく言葉を交わした。

そのときに何を話したのか、輝正はまったく思い出せない。途中から、杉菜のスカートの奥が見えていることに気がついたからだ。

制服姿の年上の少女は、ただでさえ眩《まぶ》しい存在だった。その隠された部分を目にしたことで、牡の本能に目覚めかけていた少年は、激しく昂奮させられた。

ブリーフの中でペニスが硬くなる。痛いぐらいの勃起だった。それでも下着を見たいがため、懸命に会話を続けた。心の乱れをひた隠しにして。

しかし、やがて限界が訪れる。高まる昂奮に息苦しさを覚えた輝正は、オシッコをしたいからと杉菜に告げ、神社の横に回った。

解放したかったのは尿意ではなく、ペニスそのものだった。建物の陰で、誰もいないことを確認してからズボンとブリーフを脱いだ彼は、それまでになく大きくふくらんだ分身に驚愕した。

まだ発毛もないナマ白い性器が、斜め上を向いてそそり立つ。頭部の包皮も後退し、赤い粘膜を覗かせていた。それまでにも硬くなることはあったが、そこまで剝けたのは初めてだったのだ。

輝正は戸惑った。いったいどうなっているのかと包皮を引っ張ってみたところ、さらに後退する。亀頭——当時はそんな呼び名など知らなかったが——が三分の一近くまで顔を出したのにまた驚いた。

焦って包皮を戻す。そのときに奇妙な感覚があった。くすぐったいような、むず痒いような、思わず腰がブルッと震える感じだ。けれど、そのときはっきり快感だと認識したわけではない。

それなのに、何度も試みずにはいられなかった。

包皮を剝いては戻す動作を、輝正は繰り返した。ムズムズした感じが増し、呼吸が荒ぶる。全身が熱くなってきた。

そして、唐突に膝が震えだす。

脚を踏ん張り、全身を包み込む気怠さをどうにかやり過ごす。いったい何が起こったのかと視線を下に向けた輝正は、指にまつわりついた白濁の粘液に目を瞠《みは》った。それが初めての射精であったのだ。

驚き以上に訳のわからない不安に苛《さいな》まれ、どうしようと狼狽《ろうばい》する。あたりに漂う青くさい匂いも、気持ちを落ち込ませた。

と、輝正は視界の端にひとの姿を捉えた気がした。

焦ってその方を見たところ、誰もいない。だが、建物の陰に誰かがひそんでいる気配があった。

杉菜が様子を窺いに来たのだと、輝正は悟った。そして、勃起したペニスをいじっていたところを見られたのだと。

精通の衝撃がどうでもよくなるほどの羞恥にまみれ、急いでブリーフとズボンを引きあげる。杉菜がいる拝殿の前に戻らず、彼は神社の裏手を回って家に帰った。

その後、彼女とほとんど顔を合わせなかったのは、輝正が避けたからだ。恥ずかしい出来事も記憶の底に封じ込め、忘れようと努めた。実際、今日の昼間あの夢を見るまで、思い出すことはなかった。

今、輝正は初めて、封印していた過去を杉菜に打ち明けた。

「あのとき、杉菜姉ちゃんはおれの――見たんだよね？」

杉菜は答えず、黙って秘茎を弄び続ける。いつの間にか大きくなっていたそれは、柔らかな指に雄々しい脈動を伝えた。

「……もう立派な大人ね、輝正君」

硬い肉胴に指を回し、緩やかにしごきながら杉菜がつぶやく。最初にそこをさわられたときも、同じようなことを言われた。やはり彼女は、あのとき幼いペニスを目撃していたのだ。

「わたし、あの日はボーイフレンドにフラれて落ち込んでたの。ひとりになりたくてあそこにいたら輝正君が来て、話をするうちに不思議と元気になれたわ。べつに励まされたわけでもないのに。それから――そのあと、男の子のこれが大きくなったところと、アレが出るのを初めて見て、びっくりしたけどすごくドキドキしたわ。そうしたら、失恋のことなんかどうでもよくなっちゃった」

告白に、そうだったのかと輝正はうなずいた。やはり見られていたとわかっても、今はもう恥ずかしさはない。むしろ、彼女が立ち直るきっかけになったのなら、光栄だと思った。

「おれ、きっと杉菜姉ちゃんのことが好きだったんだと思う。だから、みっともないところを見られたのが恥ずかしくて、顔を合わせられなくなったんだ」

「……その台詞《せりふ》、十年前に聞きたかったわ」

杉菜が身を起こす。輝正の上になって身を重ね、屹立を中心に導いた。騎乗位というより、前傾して暴れ馬を乗りこなすような姿勢か。

「もう一度挿れるわよ。いい？」

「うん」

輝正が返事をしたのとほぼ同時に、女体が腰を沈めた。

「はうう」

牡の分身を根元まで受け入れ、杉菜が呻きをこぼす。間を置かずに、腰を前後に振り出した。

「あん、気持ちいい」

感に堪えない声を発してすぐに、彼女は輝正の唇を奪った。せわしなく鼻息をこぼしながら、深いくちづけを求める。声を抑えるためだろう。

「ン――んぅ、むふッ」

それでも、唇の端から洩れる喘ぎはどうしようもない。艶腰をいやらしく振り立て、熟れた肉体は悦びを求めずにいられないようである。

もちろん輝正も、総身が蕩ける悦びにひたっていた。

婿である元夫が外に女をつくったのは、妻の実家で派手に睦みあうことができなかったからではないだろうか。そんな考えがチラッと浮かんだがすぐに打ち消し、彼は年上の女との行為に没頭した。

この夜が長く続くことを願いながら。

第四章　人　妻

1

月曜日の朝、チヅが短期入所する施設の迎えが来た。

それより一時間も早く家に来てくれた範子が、持っていくものを確認してくれる。初めて会ったときと同じグレイのパンツスーツ姿の彼女は、仕事モードなのかてきぱきしていた。

それから、チヅにこれからのことを説明する。

「あのね、昌江さんが病院で検査をすることになったの。そうすると、おばあちゃんのお世話をしてくれるひとがいないでしょ。だから、しばらくおばあちゃんはこの家じゃなくて、お世話をしてくれるひとがいる場所に移ってほしいの。デイサービスみたいなところよ。昌江さんの検査が終わるまでのあいだだから、我慢してもらえるかしら?」

多少はごねるかと思えば、チヅはあっさり受け入れた。

「ああ、そいのんか。昌江もなげぇことごくろうだったしな。おれぁどこでもいくわさ」

昌江の入院のことを、チヅにはこれまでまったく話していなかった。しかし、ずっといなかったわけであり、何か察していたのかもしれない。迎えの車にも、手を引かれるまま素直に乗り込んだ。

「それでは、チヅさんにはわたくしが付き添いますので、輝正さんはあとからいらしてください」

一緒にバンに乗った範子に、輝正は「お願いします」と深く頭をさげた。

ふたりを見送ってから家に入り、病院へ行く準備をする。昨日担当のナースから電話があり、替えのシャツを何枚か持ってきてほしいと頼まれたのだ。

出かける前に居間を見回して、輝正はふと寂しさを感じた。和室への引き戸が開いており、そこにあるベッドには誰もいない。家にいるのは、自分ただひとりだ。

ほとんど寝てばかりのチヅがいなくなっただけで、こうも寂しいものなのだろうか。けれど、この感覚は孤独感とは違うのだと、すぐに悟る。

(ばあちゃんは、この家に戻ってこれるんだろうか……)

短期入所ということでも、昌江の快復次第では入所期間が延びる可能性がある。そのままずるずると施設に居続け、いずれは——。

そんなことを言い出せば、昌江だってどうなるかわからないのだ。いずれ住む者がいなくなり、無人となったこの家が朽ち果てる様子がリアルに浮かぶ。

実際のところは住む人間がいなくなれば、街並み保存のため市が管理することになるのだろう。しかし、家族がいなくなったあとに家だけ残ったところで、いったいどんな価値があるというのか。

（——いや、そんなことじゃ駄目だ）

範子に励まされたことを思い出し、これではいけないとかぶりを振る。

『足掻いてもどうしようもないことってありますからね——』

たしかにそのとおりだ。いつまでもウジウジ悩んでいたって何も始まらない。

大きく息を吸い込んで気持ちを奮い立たせ、輝正は玄関を出た。と、お隣の鮎川家が目に入る。

杉菜は昨日、別れた夫のもとに向かった。もちろん両親にはそうと告げずに。

出発前に、彼女は輝正のところにも来た。けれど、『いつ戻ってくるの？』という問いかけには、寂しげな微笑を見せただけだった。

二度と帰らないことはないにせよ、早々に引きあげてくることはあるまい。滞在が長引くことになったら、両親には電話で本当のことを話すと、杉菜は言った。そうなる公算が高そうである。

跡取り娘の覚悟を、家もわかっているのだろうか。門構えがやけに沈んでいるように見えた。

(おれだけじゃないんだな……)

誰もが様々な問題や悩みを抱え、それでも一所懸命生きている。健康で、夢を叶える第一歩を踏み出したばかりの自分など、ずっと幸せだ。

何とかなる。いや、何とかしなくちゃと己に言い聞かせながら、輝正はバス停に向かった。


病室に入ると、点滴中の昌江はベッドで目を閉じていた。

脇に提げてあった導尿のパックが無くなっている。どうやらトイレに行けるようになったらしい。

(よかった……)

安堵したものの、病室に入ったときから気になっていたことがある。あの老婆がいた奥のベッドが、無人になっていたのだ。

（まさか亡くなって――）

身内でも何でもなく、ただ母親と病室が同じだっただけの関係。会ったこと、いや、見たことも一度しかない。

それなのに、輝正は胸が潰されるような悲しみに苛まれた。おそらく、反射的にチヅのことが浮かんだからだ。

（ばあちゃんもいずれは……）

必ず迎えねばならないその日を想像し、やるせなさと無力感に包まれる。膝から下が気怠くて、立っていることがつらかった。

「ああ、来たの」

声をかけられ、ハッとなる。昌江が瞼を半分ほど開けて、こちらを見あげていた。目の輝きがほとんど感じられず、痛々しさに胸が潰れそうだ。

「具合はどう？」

訊ねると、彼女はわずかに顔をしかめた。

「頭痛はだいぶよくなったんだけど、脚が思うように動かなくてね。トイレに行くときも、看護婦さんに支えてもらわないと駄目なんだよ」

「ずっと寝てるんだから仕方ないさ。食事は？」

「昨日の昼から少しずつ食べてるけど、お粥《かゆ》だから。病院の食事はまずくってねえ」

愚痴をこぼす母親に、そこまで言えるのなら心配はないだろうと、輝正はかえってホッとした。それから、気になっていたことを訊ねる。

「奥のベッドのひと、どうしたんだよ？」

「ああ、昨日退院したよ」

亡くなったのではないとわかり、それにも安堵する。しかし、現実は決して甘いものではなかった。

「このまま入院していても快復は見込めないんだって。だったら自宅で最期を迎えさせてあげたいって、家族のひとたちが連れて帰ったんだよ」

「そうなのか……」

要は医者も匙《さじ》を投げたということか。もっとも、かなりの高齢であったようだし、老いから来る衰弱はどうしたって避けられない。病院で死ぬよりは住み慣れた自宅での終末をと、家族が願ったのだろう。

だが、そうやって最期を看取ってくれるひとがいるのは、幸せなのかもしれない。と、老婆については心穏やかでいられたのに、

「母さんも病院で死ぬよりは家のほうがいいから、もしものときにはよろしく頼むよ」

昌江の発言には、過敏に反応してしまった。

「なに言ってるんだよ、馬鹿！」

大きな声を浴びせたものだから、彼女は驚いて目を見開いた。

（しまった。まずかったかな……）

これでは本当に具合が悪いのかと、母親が誤解するかもしれない。輝正は慌てて言い繕《つくろ》った。

「そんなくだらない冗談なんか言ってる場合じゃないだろ。早く良くなってもらわないと、おれだって困るんだからな。仕事だってあるんだし」

責める口調に、昌江は反省したように目を伏せた。

「悪かったよ……お前に迷惑ばかりかけちゃって」

そんなふうに謝られると、かえって居たたまれない。

（ったく、そういうことじゃないんだよ）

素直になれない自分に苛立つ。むしろ元気でいてくれたときのほうが、もっと思いやりのある態度だったのではなかったか。

こんなふうに気持ちが荒《すさ》んでしまうのは、母親の弱々しい姿を見せられるからだ。いつまでも元気でいてほしいという願いが裏切られたようで、つい責めてしまうのだろう。

「検査のこと、医者か看護婦は何か言ってたのか？」

ぶっきらぼうな問いかけに、昌江は首を横に振った。

「べつに何も。悪いところがみつからないみたい。今日はエコーで調べて、それでもわからなかったらＭＲＩ検査もするって」

「何だよ、それ？」

「どこも悪くないんなら、退院させてくれればいいのにねえ」

やり切れないというふうにこぼした昌江だが、からだがだいぶ弱っているのは間違いない。もうしばらく養生して、ちゃんと元気になってから退院したほうがいい。

「この際だから、徹底的に調べてもらえばいいさ。何かあったら治療してもらえばいいし、何もないんなら、安心して家に戻れるだろ」

「そうだね……あ、おばあちゃんの様子はどうなの？」

「元気だよ。今日から施設に短期入所することになったんだ」

「施設って、こがねの里に？」

「いや、やわらぎホームってところ。ケアマネージャーさんが、母さんが退院してもすぐ前のとおりにはいかないだろうから、負担を軽くするためにもそうしたほうがいいってアドバイスしてくれたんだ。入所先もすぐに見つけてくれたし」

「そうだったの」

昌江が安心した顔を見せる。

「ちゃんと世話をしてもらえるのなら、おばあちゃんもそのほうがいいだろうね」

「おれ、これからやわらぎホームに行って、手続きしてくるから。ばあちゃんはケアマネージャーさんが付き添って、先に行ってるんだ」

「そう。世話をかけるけど、よろしく頼むね」

「そんなこといちいち気にするなよ。母さんは自分が元気になることだけを考えてりゃいいんだからな」

「うん……ありがとう」

目を潤ませた母親に気恥ずかしさを覚え、

「じゃ、おれは行くから」

輝正は背中を向けると、その場からそそくさと立ち去った。

「よろしくね。ありがとう」

昌江の声が聞こえたが、振り返らなかった。『ありがとう』の言葉がやけに暖かく聞こえて、無性に照れくさかったからだ。

2

「やわらぎホーム」は想像した以上に大きな建物だった。駐車場や庭を含めた敷地も広々として、まるでできたばかりのリゾート施設のようだ。

応対してくれた担当者の説明によると、ここは短期入所の他にデイサービス施設も併設されているとのこと。入り口の看板にやわらぎホームともうひとつの名前が併記されていて妙だと思ったが、そちらはデイサービスセンターの名称であった。

「チヅさんは、とりあえず一ヶ月ということで入所していただきますが、退所時期になりましたら、こちらからご連絡させていただきます。それで、入所期間の延長がご希望の場合、ご本人の様子並びにご家族様のご事情を審議しまして、認められましたら延長ということになります」

「必ず延長できるわけじゃないんですね」

「はい。何しろ、入所希望者が多いもので、こちらとしても優先順位の高い方から受け入れざるを得ないのです。そのため、ご意向にそえない場合もございますが、何とぞご理解ください」

同じように介護の必要な年寄りを抱えている家庭は、他にもあるのだ。困難な状況のところから順に受け入れるのは当然だろう。

その他、施設の説明や入所者の生活、費用に関することなどを説明されたあと、入所の手続きが始まった。契約書をはじめとする様々な書類の内容をいちいち確認し、サインをして印鑑を押す。介護方針などもかなり細かいところまで作られており、それもきちんと読み合わせした。

そうやって一通りの手続きが終わるまでに、一時間以上もかかった。

(なかなか面倒なものなんだな)

まあ、介護保険といった制度も関係しているし、そう簡単に済ませるわけにはいかないのだろう。

最後に、役所に申請して取り寄せてもらいたい書類や、衣類関係で用意するものを依頼されてから、チヅの部屋に案内された。

建物の外側は普通のコンクリート製であったが、内部は壁も床も木造であった。廊下やホールも、ここを部屋にすれば収容人数を倍にできるのではないかと思えるほど広い。窓も大きくて、照明が無くても充分に明るかった。

介護施設というと、狭いところに多数の老人たちがひしめき合っているというイメージがあった。しかし、そういうところばかりではないらしい。そのぶん費用も割高なのは間違いなかったが。

(ここならばあちゃんも、ゆったりした気分で過ごせるんじゃないかな)

目が見えない彼女でも、明るさを感じられるのではないだろうか。

エレベータで上がった二階にあるチヅの部屋も、トイレやロッカーがついたひとり部屋だった。それこそ昌江の病室よりも広くて明るかった。

「ばあちゃん」

すでにベッドに寝かされていたチヅに声をかけると、目を閉じたまま「んぁ?」と返事をする。

「おれだよ、輝正」

名前を告げると、「ああ」と表情に安堵が浮かんだ。

「ばあちゃんには、しばらくここで暮らしてもらうからな。家にいてもらえればいいんだけど母さんもいないし、おれも仕事があるからさ。悪いな」

言われても、チヅには自分がどこにいるかもわからない様子だった。

「ここは病院だかや?」

範子に説明されたことも忘れてしまったのか。

「違うよ。ここは――」

老人介護施設だと告げようとして、それだとわかってもらえないだろうと気づく。

「ばあちゃんみたいに、誰かに助けてもらわなくちゃいけない年寄りがたくさんいるところだよ。デイサービスだと迎えが来て通わなくちゃいけないけど、ここはずっと泊まっていられるんだ」

「おお、そうかぁ」

「これからは、ここにいるひとたちが、ばあちゃんの世話をしてくれるんだ。風呂とかトイレとか。何かあったら遠慮なく頼めばいいんだからな」

「わりいのぉ。そのんええとこに連れてきてもろぉて」

寂しがったり、どうしてこんなところに入れるのかと愚痴ることもなく、チヅはあっさりと受け入れた。

「おれもたまに来るから、ばあちゃんも元気にしてろよ」

「すまんのぉ。輝正もからだに気ぃつけて、無理せんなや」

「うん、わかってる」

ねぎらわれて、これじゃ逆だろうと思う。だが、どんなときでも孫のことを案じてくれる祖母の心遣いが嬉しかった。

部屋を出て、ここでの用はとりあえず終わりだ。

二階のホールで、輝正は両手を天井に向けて伸びをした。チヅには申し訳ないが、肩の荷がひとつおりた気分だった。

(帰るか……)

エレベータに向かおうとしたところで、ホールをモップで掃除する女性とすれ違う。その直後、

「あら?」

背後で声がする。ふり返ると、淡いグリーンの作業衣を着た清掃員の女性が、こちらを見つめていた。何かを探るような眼差しで。

(あれ、このひと……)

見覚えのある顔だった。すぐに名前が出てこないが、同い年ぐらいということは同級生ではないか。

「藤井……くん?」

名前を呼ばれて、そうに違いないと確信する。

「はい。そうですけど」

「わあ、やっぱり。あたし近藤《こんどう》——えっと、信田《しのだ》よ。信田羽都美《はつみ》」

いたからだ。

「え、信田さん⁉」

輝正が驚いたのは、自分が知っている信田羽都美と、丸っきりイメージが異なっていたからだ。

ちょうど午前のノルマが終わったところだからと、羽都美は輝正を近くの部屋に招いた。あれこれ話したいという懐かしさが表情に表れており、だから落ち着ける場所に移ったのだろう。

輝正も特に急ぎの用事があったわけでもなかったので、彼女に付き合った。故郷に戻って以来、杉菜以外の見知った人間に会っていなかったこともあり、同い年の友人と交流を持ちたい気分になっていたのだ。

「研修室」という表示があったその部屋は、八畳の和室だった。中央にテーブルがあり、部屋の隅に座布団が積まれてある。他にあるのは押入れぐらいだ。

研修室とは便宜上の名称で、ボランティアで訪問する中高生たちの控え室に使われることが多いと、羽都美は説明した。

座布団を勧められて坐ると、彼女はテーブルを挟んだ向かいではなく、輝正の斜め左の位置に腰を据えた。親しみの表れである近い位置関係に、輝正は戸惑いを覚えずにいられなかった。

（変わったな、信田さん……）

同じ高校の出身で、二年生のとき一緒のクラスだった羽都美は、かなり目立つ生徒だった。進学校で、身なりも行動も逸脱する生徒がほとんどいなかった中で、異端児と呼ばれる存在だった。

髪を染めたりパーマを当てたり、制服を着崩してスカートを極端に短くしたりと、自由奔放《ほんぽう》。授業をサボることもあり、先生の指導を同学年の中でいちばん多く受けていたようである。

成績は決して悪くなかった。常に中位ぐらいにはいたはずで、そんな生徒がどうして目をつけられるようなことをするのか、同級生たちの中でも話題になることがあった。

同じクラスになったとき、輝正は羽都美と言葉を交わしたことがほとんどない。言伝《ことづて》というか事務的なやりとりぐらいはあっただろうが、少なくとも記憶には残っていない。それに、羽都美も仲のいい友人はほんの数人しかいなかったようで、ひとりで行動することが多かった。

まあ、輝正のほうも読書と創作に没頭して、親しい友人づきあいをあまり持たなかった。他人をどうこう言える立場ではない。

羽都美は、とにかく怖い少女だったという印象がある。身なりが派手だったのもそうだが、あの頃の彼女は常に眼光鋭く周囲を睨《にら》んでいた。不良少女と言うよりは、一匹狼に近かっただろう。なまじひと目を惹く美少女だったから、やけに迫力があったのだ。

しかし、今の羽都美は昔とは異なっている。

美貌はそのままでも、パーマを当てた形跡もない髪は、自然のままの黒だ。高校生の頃ですらメイクをしていたと思うのだが、化粧っ気のない顔に眼光の鋭さなど微塵《みじん》も感じられない。それどころか、口許に屈託のない笑みを浮かべている。顔だちだけなら、昔より幼くなったかに見えた。

そこまで変わっていたから、校内で知らない者はいないというぐらい有名人だった彼女の名前が、咄嗟《とっさ》に出てこなかったのだ。

「高校卒業以来だよね。ってことは、もう十年ぐらいになるのかな」

羽都美が身をのり出して懐かしがる。輝正は気圧され気味に「そうだね」と答えた。

「藤井くん、たしか大学は東京だったよね。就職も向こうじゃなかった？」

「うん、そうだよ」

うなずき返しつつ、彼女がどうしてそこまで知っているのかと、不思議に思う。一緒のクラスだったのは二年生のときだけで、いよいよ進路が決定する三年生のときには、交流を持つ機会すらなかったからだ。

それに、輝正は目立たない生徒だった。卒業学年で同じクラスだった者でも、彼が東京の大学に進学したことを知らなかったぐらいだ。偶然向こうで再会して、『お前、東京に来てたのか⁉』と驚かれたこともあった。

それなのに、羽都美が進学先ばかりか就職先まで知っていたのは驚きだ。たしかに上京する卒業生は多かったものの、当てずっぽうで口にしたふうでもない。

「どうしてそんなこと知ってるんだい？」

訊ねると、彼女はきょとんとした顔を見せた。

「どうしてって？」

そのぐらいのこと、知っているのは当然でしょという口ぶりに、輝正は「いや、べつに……」と言葉を濁した。

「あたし、みんなってわけじゃないけど、同級生のことならわりと知ってるわよ」

羽都美の話では、卒業以来ずっと地元にいるから、自然とそういう情報が入ってくるという。親から聞かされることもあれば、仕事先でそういう話題を耳にすることもあるのだとか。他に地元にいる仲間づてや、同級生が帰省したときに仲間たちの消息などを聞いたりするそうだ。

たしかに故郷を離れて都会で生活していれば、同級生がどこでどうしているなどまったく気にしなくなる。自分が生きるだけで手一杯になってしまうのだ。

「東京に出てる子も他にけっこういるけど、会ったりしないの？」

「うん。どこにいるのかなんてわからないし」

「そっか。まあ、狭いようでも、ひとがたくさんいるからね」

納得顔でうなずいた羽都美が、ふいに何かを思い出したふうに表情を輝かせた。

「ねえ、藤井くんって、高校のとき本ばっかり読んでたよね」

「え？　ああ、うん」

「それに、何か一所懸命書いてたし、あれって自分でも小説とか書いてたの？」

そんなところまで見られていたのかと、輝正は耳たぶが熱くなるのを感じた。だが、特に否定することでもないので、

「うん。そうだよ」

と、正直に答えた。

「へえ、やっぱりそうだったんだ。すごいね。じゃあ、今も書いてるの？」

彼女は同窓生とは言え、一年だけクラスメートだったという関係だ。プライベートをあれこれ打ち明ける必要などない。

しかし、輝正が話す気になったのは、斜に構えてすべてに無関心なふうだった羽都美が、自分を見てくれていたと知って感激したからだ。それに、『すごいね』というストレートな称賛も、胸に深く響いた。

「うん、書いてるよ。それで、今回やっと自分の本が出せることになったんだ」

「え、ホントに!?」

目を丸くして驚きを浮かべた羽都美が、続いて輝くような笑顔を見せる。

「すごーい。よかったね。おめでとう」

自分のことのように喜んでくれるのが照れくさくも嬉しくて、輝正は頬が緩《ゆる》んだ。

「ありがとう」

「それって、いつ出るの？」

「来週なんだ。今度来るときに持ってくるよ」

「本当に？　わあ、ありがとう。楽しみだなあ」

屈託のない笑顔に、これが冷たい目で周囲を睨んでいた少女と同一人物とは、とても信じられなかった。十年という歳月が、彼女をここまで変えてしまったということなのか。

と、羽都美が怪訝な表情を浮かべた。

「あれ？　今度来るときって、誰か知ってるひとがここに入所してるの？」

今さらのように訊ねる。

「ああ、ばあちゃんが今日から世話になってるんだ」

「おばあちゃんって、もうだいぶ高齢なの？」

「来年米寿だよ。ただ、白内障で目がほとんど見えないし、足腰も弱ってるから介護が必要なんだ。今までは母さんが家で面倒を見てたけど、倒れて入院したもんだから、ばあちゃんをしばらくあずかってもらうことにしたんだ」

「入院って、そんなに悪いの？」

「いや、まだはっきりとはわからないんだけど——」

輝正は、帰郷してからの出来事をかいつまんで話した。

「ふうん……お母さん、大したことなさそうなのは幸いだったけど、藤井くんも大変だったんだね。せっかくいい報《しら》せを持って帰ったのに、来て早々そんなことになるなんて」

儀礼的なねぎらいではなく、彼女は心から気にかけてくれているようだ。その優しさに、胸がジンと熱くなる。

「まあ、結果的に手遅れにならずに済んだから、いいタイミングで帰ってこられたと自分でも思うよ」

「そうよね。本が出せなかったら家に戻ることもなかったわけだし、おかげでお母さんも助かったんだもの。これって藤井くんが小説家として活躍できるっていう、運命的な啓示か何かじゃないかしら」

以前の輝正だったら、そんな解釈はただのこじつけとしか捉《とら》えなかったかもしれない。けれど、多くの支えがあるから人間は生きていけると知った今は、羽都美の言葉を素直に受けとめることができた。

「うん……そうなれるように、これからも頑張らなきゃって思うよ」

「だいじょうぶだよ、藤井くんなら。昔からずっと努力してたんだもの。あたしも応援するから、たくさん本を書いてね」

「ありがとう……」

目頭が熱くなる。杉菜に羽都美、魅力的な女性ふたりからエールを送られ、なんと幸せなのだろうと実感する。

彼女たちの気持ちに報いるためにも、落ち込んでなどいられない。精一杯努力しなければと思ったとき、不意に羽都美がため息をこぼした。

「だけど、藤井くんはすごいなあ。夢に向かって努力して、ちゃんと結果を出してるんだもの。その点、あたしなんか……」

卑下というよりも、ほとんど自虐的な口ぶりが気になる。

「そんなことないよ。信田さんだって——」

言いかけて、ようやく気がつく。彼女の作業衣の胸に名札のプレートがついており、そこには「近藤」と刻印されていた。

「え、近藤？」

つい声に出してしまったところ、羽都美も名札を見おろして「ああ」とうなずいた。

「あたし、結婚してるの。今は信田じゃなくて、近藤羽都美よ」

言われて、最初に顔を合わせたとき、近藤と名乗りかけたのを思い出す。それによくよく見れば、左手の薬指に銀色のシンプルなリングが光っていた。

（そうか……信田さん、もう結婚してたのか）

年齢を考えれば、少しも不思議ではない。だが、すでに人妻であると知ったことで、同い年の彼女がやけに大人っぽく感じられた。

「……らしくないかな？」

黙り込んでしまった輝正に、羽都美が気落ちした表情を見せた。

「え？」

「あたし、あんまり人妻っぽくないかなあ」

「いや、そんなことないけど」

「まあ、所帯じみてるみたいに見られるよりはいいけどね」

また卑屈な笑みを浮かべ、ため息をつく。

「あたし、十九で結婚したの。できちゃった結婚ってやつ。今となっては若気《わかげ》の至りだったって悔やむこともあるけど、子供に罪はないものね。作った責任はとらなくちゃいけないし、彼のほうもあたしと同じ考えだったの。それまではけっこうヤンチャなこともしてたけど、生まれ変わったみたいに真面目に働くようになったわ」

高校時代の鋭い眼差しそのままに、彼女は人生を突っ走ってきたようだ。

羽都美が妊娠、結婚、出産と、人生の大きなイベントを次々とこなしていたとき、輝正はまだ学生だった。夢ばかり追いかけて、気楽な日々を送っていた。そう考えると、ますます彼女のほうが大人だと思える。

(子育ても大変だったんだろうし、信田さ――羽都美さんと比べたら、おれなんてまだまだ甘いよな)

子供どころか妻もいない。祖母や母親の今後を気にしているが、それはひどくセンチメンタルな感情だ。彼女のように、家族という責任を負っているわけではない。

「じゃあ、子供はもう大きいんだね」

「上の子は小学生よ。下は今年から保育園の年少さん」

「え、ふたりいるの⁉」

「どっちも女の子だから聞き分けがいいし、上の子はお手伝いもしてくれるから、けっこう助かってるわ。ただ、いろいろお金がかかるのは仕方ないけど。だからあたしも働いてるってわけ。前住んでいたアパートが手狭になったから、最近この近くに引っ越して、家事もあるから勤め先は近いほうがいいじゃない。だからここに雇ってもらったのよ。前はスーパーのレジ打ちとかで、時間も長くできないし、正直そんなに収入はよくなかったんだけど、今は毎日働けるからお給料も倍ぐらいになったわ」

ようやく楽しげに口許をほころばせた羽都美が、輝正には眩しかった。

彼女は日々の生活に追われ、苦労も多いに違いない。なのに、こうして朗らかな笑顔を見せている。素直にすごいと感じた。

(たぶん、つらいこともたくさんあったから、羽都美さんは他人に優しくできるんだろうな。だからおれのことも、ああやって励ましてくれたんだ)

彼女の強さは、彼女が自ら培《つちか》ったものなのだ。かつてのクラスメートに、輝正は敬服せずにいられなかった。

「ごめんね。久しぶりに会ったっていうのに、愚痴なんかこぼしちゃって。なんか、藤井くんが優しい顔で耳を傾けてくれたから、余計なことまで話しちゃったんだよね。だから女はおしゃべりだって言われちゃうんだわ。立派な小説家の先生に失礼だよねえ」

少しも妬みの感じられない口調ゆえに、自分がちっぽけに思えてくる。

「いや……本当に立派なのは、羽都美さんのほうだよ。おれなんて全然そんなことない」

「え？」

「きっと、たくさん苦労があったはずなのに、頑張ってきたんだもの。今だって、家族のために毎日一所懸命働いてさ」

「でも、藤井くんみたいに才能が必要な仕事をやってるわけじゃないもの」

「才能なんてないよ。おれなんて自分のことしか考えてなかったし、羽都美さんに褒められる資格はない。だけど……羽都美さんに笑顔で励まされて、おれ、とても嬉しかったんだ。そうやって他のひとの力になれる羽都美さんはとても強いって思うし、おれは心から尊敬するよ」

素直な気持ちを口に出したつもりだった。だから、彼女が見開いた目を潤ませたのに、気分を害してしまったのかと狼狽する。

「あ、ごめん。おれなんかが偉そうに言える立場じゃなかったよね」

「……ううん、そんなことない」

羽都美は溢れる涙を拭いながら、泣き笑いの顔になった。

「わたし、嬉しいの」

「え？」

「だって、ここまで認めてくれたのって、藤井くんが初めてなんだもの……べつに苦労を自慢するつもりはないし、このぐらいみんなやってることだってわかってるけど……でも、頑張ってることを、少しは褒めてもらいたいじゃない。なのにダンナですら、あたしが仕事をするのは当然だみたいな感じで……家のことにも無頓着で、昔みたいに家事を手伝ってくれることもなくなったし」

「羽都美さん……」

「ごめんね、こんな情けないところ見せちゃって……だけど、あたしは——」

しゃくり上げながら涙で袖を濡らす彼女は、張りつめていたものが一気に緩んだふうだ。人妻とも二児の母親とも違う、か弱い女の顔になっていた。

それゆえに慰めたい、力になりたいという思いが大きくなる。

「おれができることなら何でもするし、愚痴ぐらいいくらでも聞いてあげるよ。全部ぶちまけて、すっきりすればいいいさ」

「ありがと……」

涙でぐしょ濡れになりつつも、羽都美は懸命に笑顔をこしらえようとする。これまでもそうやってつらい気持ちを隠し、頑張ってきたのだろう。

「じゃあ、元クラスメートのよしみで、お願いしてもいい？」

「いいよ」

「あたしを……甘えさせてくれる？」

抽象的な言い方だったが、彼女が求めていることを咄嗟に理解する。輝正は無言で両手を広げた。

「藤井くん――」

羽都美が飛び込んでくる。額を胸にこすりつけ、子供みたいに泣いた。

今日も家族のために頑張って働き、汗をかいたのだろう。甘酸っぱい香りを漂わせる柔らかなからだを抱きしめ、慈しみを込めて背中や髪を撫でてあげる。

「羽都美さんは偉いよ。本当によく頑張ってるんだもの。きっと子供たちも、お母さんの苦労をちゃんとわかっているよ」

輝正の言葉にうなずきながら、同い年の人妻が嗚咽《おえつ》をこぼす。涙が胸もとに染み込み、ひたむきな熱さを伝えてきた。

3

羽都美は最初からそういうつもりではなかったはず。もちろん輝正のほうも、抱きしめただけで終わるつもりでいた。

けれど、おそらく久しぶりに男に甘えたことで、彼女はさらなる情愛が欲しくなったのだろう。

「藤井くん……」

ようやく涙の止まった羽都美が顔をあげる。一瞬の躊躇を示したあと、瞼を閉じて唇を差し出した。キスを求めているのだとわかった。

（いいのか――!?）

再会したばかりの同級生。それも人妻だ。

一時の感情に流されて夫以外の男と関係を深めたことを、羽都美はあとできっと後悔するに違いない。その場しのぎの軽率な行動は、かえって彼女を苦しめるだけだ。

けれど、涙の痕が残る美貌はあまりに痛々しく、そして魅力的だ。抗い難い何かに衝き動かされ、輝正はピンクに艶めく唇に自分のものを重ねた。

「……ン」

その瞬間、羽都美のからだが強ばる。けれどすぐに力を抜き、男の抱擁とくちづけに身をまかせた。

彼女の吐息は乾いた唾液の匂いがし、少しも飾り気がない。ごく普通の人妻という生々しさがあった。

それゆえに、背すじのゾクゾクする昂ぶりを覚える。これが不倫だということを忘れて、輝正は貪《むさぼ》欲に唇を貪った。

いや、正確には忘れたわけではない。生活に疲れて心が折れそうになっている彼女を救う正当な行為だと、自らを納得させていただけだ。

「んふぅ」

羽都美も興がのってきたようで、切なげに小鼻をふくらませる。舌を差し入れると、歓迎するように自らのものを戯れさせた。

粘っこい唾液が舌に絡みつく。ほんのり甘みのあるそれを喉に流し込みながら、輝正は彼女の作業衣の裾から手を差し入れた。

すぐに触れた素肌は汗ばんでしっとりしていた。手のひらに吸いつくそれを撫でながら、さらに奥まで進む。指先に、ブラジャーのアンダーベルトが触れた。

「んぅ……ふぁ」

切なげに身をよじり、羽都美も輝正をまさぐった。シャツの内側に手を入れ、せわしなく鼻息をこぼしながら肌を撫でてくれる。

(ああ……)

人妻の手指の柔らかさにうっとりする。男を無我夢中で求めるひたむきさにも、輝正は心を動かされた。

(きっと、旦那さんともご無沙汰だったんだな)

だったら尚のこと、身も心も慰めてあげなくてはと思う。

「――ふぁ、あああ、藤井くん……」

唇をはずした羽都美がしがみつき、肩に顔を埋めてきた。熱い吐息が首すじに吹きかかり、それにも愛おしさを覚える。

(可愛いな……あの羽都美さんが、こんなにおれを求めてくれるなんて)

あの頃の彼女は、男など蹴り飛ばしそうな迫力があった。けれどあれは、思春期にありがちな不安や迷いから出た、精一杯の虚勢だったのだろう。

本当の彼女は、こんなにはかなげで、思いやりに溢れる女性なのだ。だからこそ、もっと感じさせてあげたい。

だが、胸を密着させたため、乳房をまさぐるのは難しそうだ。やむなく手を下降させ、作業ズボンの中へと侵入させる。

意外と大きなヒップにぴっちりと張りつく下着に触れるなり、彼女がまた身を固くする。今度はすぐに緊張を解くことなく、何かを考え込むようにじっとしていた。

(やっぱりまずいと思ってるんだろうか……)

情動のままに抱きあったことを、今になって悔やんでいるかに感じられる。無理強いなどできないから、拒まれたらそこで終わらせるしかない。

「……藤井くん、いいの?」

ためらいがちに告げられた問いかけの意味を、輝正はすぐに理解できなかった。

「え、なにが?」

「あたしみたいな女と……本当にしてくれるの?」

どうやら自分のことではなく、輝正のことを気にかけているらしい。男に抱かれるだけの魅力などないと考えているようだ。

(そんなに自分を貶《おとし》めなくてもいいのに)

素敵な女性であると気づかせてあげたい。そのためには、こちらもすべてを曝《さら》け出す必要がある。

「当たり前だよ。羽都美さんはとても魅力的だし、おれは心から抱きたいって思ってるんだから」

「でも……」

羽都美がまだ逡巡を示す。輝正はヒップにあてがっていた手を抜くと、彼女の手首を掴んだ。

「ほら、ここ」

自らの中心へと導く。そこは内側から突き上げるもので、大きく盛りあがっていた。

「え――!?」

羽都美が息を呑む。牡の強ばりを手で確認し、言葉を失った。

それでも、指がゆっくりと曲げられ、硬さと大きさを測定するように動く。

「羽都美さんとキスしたときから、こんなになってるんだ。さっきから羽都美さんとしたくて、たまらなくなってるんだよ」

快さに息をはずませつつ告げれば、彼女の頰が紅潮する。瞳が泣きそうに潤んだものの、口許が嬉しそうにほころんだ。

「……あたしでこんなになってくれたの?」

女としての喜びが表情に溢れる。安心したように、手の動きが大きくなった。

「ああ、すごく気持ちいい」

腰を揺すり、得ている感覚を訴えると、羽都美ははにかみながらもファスナーをおろし、中に手を忍ばせようとした。積極的に愛撫する心づもりになったようだ。

けれど、その動きを制して、輝正は彼女を畳に押し倒した。まずはこちらが感じさせてあげなければと思ったからだ。

できれば全裸になって肌を重ね、心ゆくまで悦びを交わしたい。しかし、この場所では悠長に愉しんでいる余裕はないだろう。いつ誰が来るかもしれないのだから。

輝正は一度羽都美から離れて部屋のドアをロックすると、戻るなり彼女のボトムに手をかけた。慌ただしいが、とにかく一刻も早く結ばれなければならない。

そのあたりのことは、羽都美も充分に理解しているのだろう。恥ずかしそうに「ああん」と嘆きつつも、腰を浮かせて協力した。

味気ない作業ズボンの下は、意外にも裾と前面を白いレースで飾られた、光沢のあるピンクのパンティだった。もっとも、かなり穿き馴れたものらしく、レースの一部とクロッチの縫い目がわずかにほころんでいる。だから普段穿きにしているのだろう。

色白の太腿《ふともも》が眩《まぶ》しい。上半身が着衣のままだから、余計にそう感じる。肉づきもよく、むっちりしていかにも柔らかそう。よく寝かせたパン生地のようだ。

パンティに手をかける前に、輝正は自身のズボンとブリーフをまとめて下ろし、足首から抜いた。先に脱いだほうが、羽都美も恥ずかしがらずに済むと考えたのだ。

雄々しく反り返る牡のシンボルに、人妻の視線が素早く注がれる。輝正はそこを隠そうとはせず、けれど誇示することもなく自然に振る舞った。ただ、見開かれた彼女の目に、鼠蹊部がムズつくのを覚えた。

「これ、脱がすよ」

腰を包む薄物に指を引っかけると、羽都美が覚悟を決めたようにうなずく。そろそろと引きおろすと、さほど濃くない秘毛があらわれる。

裏返ったパンティは、最後に秘部に密着していた部分がはずれた。そのとき、何やらきらめくものが見えた気がした。

（あれ？）

脚をすべらせながら確認すれば、クロッチの内側に縫いつけられた白い布は、薄黄色く汚れた真ん中に透明な液体が付着していた。

（濡れてる……）

輝正が勃起したように、彼女も抱擁とくちづけで昂ぶっていたのだ。

「ああ……」

もはや下半身は、踝《くるぶし》までのソックスのみ。羽都美は両手で顔を覆った。そんな恥じらいにもゾクゾクさせられつつ、輝正は彼女の中心部に顔を寄せた。

すっぱみの強い秘臭が感じられる。尿よりは汗の匂いが多くを占めているようだ。その中にも、胸はずむなまめかしさが確かに存在していた。

下穿きを脱がせる途中で気がついていたのだが、成熟した色気を湛える彼女の下腹、恥叢が萌えるところから少し上に、横一線のかなりはっきりした手術跡があった。盲腸だったら、ここまで大きく切ったりはしないはず。

(これって、帝王切開――？)

首をかしげたところで、

「下の子、逆子だったの。だから自然分娩じゃなくて、お腹を切ることになったのよ」

羽都美が説明する。

顔をあげると、彼女は顔を覆ったままであった。おそらくその部分に視線を感じたから、訊かれる前に答えたのだろう。

(そうか……大変だったんだな)

妊娠や出産の苦労など、男の自分には一生かけても理解できまい。しかしながら、見るからに痛々しい傷痕を目にすることで、彼女が受けた苦痛のほんのわずかであるにせよ、伝わってくる気がする。

情愛にかられ、輝正は手術の傷にくちづけた。ミミズ腫れのように盛りあがったところを舌先でなぞり、丁寧に舐める。そうせずにいられなかったのだ。

「くぅぅ」

羽都美がくすぐったそうに腰をよじり、下腹を波打たせる。間もなく両膝が離れ、ソックスの足が畳を引っ掻きだした。

「あああ、藤井くぅん」

甘える声とともに、閉じられていた女体の神殿が開く。肌の色が濃くなったところの中心に恥裂がはしり、縁が黒ずんだ花弁がスミレのように開く。そこから鼻奥を悩ましくさせる淫臭が漂ってきた。

羽都美がかなり高まっているのは見るからに明らかだ。もうひとつの唇は濡れており、物欲しげに腰をくねらせてもいる。だが、もっと感じさせたい。

輝正はむちむちと柔らかな肉腿を割り開くと、あらわになった陰華に口をつけた。

「キャッ」

小さな悲鳴があがると同時に、腿が焦って閉じられる。けれど、輝正の顔が完全にもぐり込んでいたから、手遅れであった。

（これが羽都美さんの——）

有りのままの牝臭は、前に嗅いだ杉菜のものより濃厚で、脳に直接染み渡る鋭さがある。熟れすぎて酸味を増したというか、ほとんど傷みかけの果実のよう。そこに汗や尿の成分がブレンドされ、クセになりそうな淫香を醸し出していた。

「ダメよ、汚れてるの……あああ、くさいからぁ」

今度はずりあがって逃げようとした羽都美であったが、輝正は両腿をがっちり抱え込んで逃がさなかった。この上ない香りを愉しみながら舌を恥裂に差し込み、しょっぱみの強い蜜も味わう。

「あひッ！」

羽都美が甲高《かんだか》い声をあげ、内腿をビクンと痙攣させる。

湿った鼠蹊部から漂うアポクリン臭も好ましい。陰部にこびりついた匂いもすべてこそげ落とすつもりで、輝正は舌をねちっこく律動させた。

「ああ、ああ、あ——いやぁ」

悩乱の声を撒き散らしながら、女体がいやらしくくねる。

拒絶の言葉とは裏腹に、恥唇は温かく新鮮な愛液をこぼした。それを音を立ててすすりながら、舌であちこちを探索する。

（あ、これって――）

大陰唇と小陰唇のあいだのミゾや、秘核を覆う包皮の内側にザラつくものがあった。おそらく恥垢だろう。それも唾液に溶かしてすべて呑み込んだ。

彼女のすべてが愛おしかったのだ。

（おれ、あの羽都美さんのアソコを舐めてるんだ）

高校時代の近寄り難かった彼女を思い返すと、不思議な気分になる。それでいて、妙に昂奮させられるのも確かだった。

「うはっ、あ――くうううう」

敏感な部位をねぶられ、羽都美が艶めく呻きをこぼす。もはや逃げることを諦め、クンニリングスの快感に身を委ねているようだ。

ならば、挿入前に一度絶頂させようと、クリトリスに焦点を絞って責め続けた。

「あああ、そこぉ」

重たげなヒップが上下する。やはりそこがお気に入りのポイントらしい。包皮を指で剝き上げ、硬く尖った肉豆を舌先で転がすと、呼吸が乱れだした。

「あふ、ううううっ、ん――んふぅッ」

苦しげな喘ぎは、終末が近づいた証しではないか。唾液をまぶされていっそう淫靡な匂いを放ちだした蜜園を、輝正はいよいよかと貪欲にすすった。

そのとき、忍び泣く声が聞こえてハッとする。

(え？)

驚いて窺えば、相変わらず顔を両手で覆った彼女は、身も世もなくというふうに肩を震わせていた。「う――ううッ」と嗚咽も聞こえる。

(本当に泣いてる⁉)

やり過ぎたのだろうか。輝正は色づいた下半身から離れ、しゃくりあげる羽都美を真上から覗き込んだ。

「ごめん。つい調子に乗っちゃったんだ。もう絶対にしないから」

ところが、彼女は顔を隠したまま首を横に振る。「そういうんじゃないの」と涙声で言われ、輝正はさっぱり訳がわからなかった。

「じゃあ、おれにされても気持ちよくなかったってこと？」

この問いかけも、「違うわ」と否定される。

困惑する輝正が見守る前で、羽都美の手が顔からはずされる。ようやく現れた美貌は涙にぬれ、悲愴をあらわにしていた。

「藤井くんに舐められて、あたし……とても気持ちよかったわ。だけど、藤井くんがあたしのアソコをって考えたら、すごく恥ずかしくなって……もう、どうしようもないぐらいだったの。高校生の藤井くんが、教室で本を読んでたときのことなんか思い出したら、余計に切なくなって――」

輝正はあのころの羽都美を思い出して昂奮したが、彼女はまったく逆だったらしい。このあたりの心情が、男と女の異なる点なのかもしれない。

「感じたのは本当よ。でも、それよりも恥ずかしさが強くって……ごめんなさい」

声を詰まらせての謝罪に、輝正はやはり調子に乗り過ぎたのだと悟った。

「いや、おれのほうこそ悪かっ――」

皆まで言わないうちに、羽都美が首っ玉に抱きついてくる。不意を突かれて彼女にからだを重ねた輝正は、唇を奪われた。

「ン……んふ」

鼻を鳴らし、縋るように吸いたてながら、羽都美が唇や口内を舐め回す。自身のラブジュースにまみれたところを清めるかのように。

健気《けなげ》でひたむきなくちづけに、輝正は胸打たれた。その一方で欲望も募り、腰を人妻の腿のあいだに割り込ませる。

尖端が濡れ割れにはまり込む。そのままヌルッと入ってしまいそうなほど、湯蜜が溢れていた。

（ああ、熱い……）

奥まで入りたい、深く交わりたいという熱望に身が焦がれる。しかし、断りもなく挿入するわけにはいかない。

「はあ――」

くちづけを解いた羽都美が、泣き腫らした目で見つめてくる。

「ごめんね、あんなところ舐めさせて……嫌な匂いとかしなかった？」

本当に済まなそうに表情を歪める。なんて可愛いのだろうと輝正は思った。

「おれが好きで舐めたんだもの。それに、羽都美さんの匂い、すごく好きだよ」

告げるなり、彼女がうろたえたように視線を逸らす。

「ば、バカ」

クスンと鼻をすすり、また泣きそうになる。こんなしぐさを高校時代に見せられたら、一発で恋に落ちたかもしれない。

いや、今だって、人妻でなければ――。

「あたしはもういいから、今度は藤井くんが気持ちよくなって……子供を産んでるから、あんまり具合よくないかもしれないけど」

羽都美が両脚を掲げ、迎え入れる体勢になる。あくまでも奥ゆかしい彼女に微笑《ほほえ》ましさを感じつつ、あられもない言い回しにもドキッとさせられた。

「じゃ、挿れるよ」

「うん」

羽都美が瞼を閉じる。上下重なった長い睫毛《まつげ》を見つめたまま、輝正は腰を沈めた。予想した通り、牡の漲りは吸い込まれるように女芯を征服した。

「あうう」

胸を反らし、羽都美が感に堪えない声を発する。

（ああ……温かい――）

彼女が案じたように、濡れ窟の締めつけは決して強くなかった。けれど、優しく包み込んでくれる心地よさがある。細かなヒダが蠢き、敏感なくびれを奥へ誘い込むように撫でるのに、思わず腰を震わせたほどだった。

「気持ちいいよ、羽都美さんの中」

うっとりして告げると、目を閉じたまま「バカ――」と恥じらう。掲げた両脚で輝正の腰を抱え込み、下半身をいやらしくくねらせた。

それに煽られるように、輝正も前後の動きを開始した。

「あ、あ——んうぅ」

羽都美が圧し殺した喘ぎをこぼす。こんな場所で乱れてはいけないと、懸命に堪えているようだ。

だが、そんなふうにされると、かえって苛《いじ》めたくなる。

輝正は雁首がはずれるギリギリまで腰を引き、勢いよく膣奥に戻した。ふたりの陰部が衝突してパツンと湿った音を立てる。

それを高速で繰り返した。

「あ、あああッ、あふっ、ン——んふぅ」

艶めく喘ぎがはずみ出す。頭を左右に振り、襲い来る快感から逃れようとしていたらしい羽都美も、

「あああ、か、感じるぅッ」

とうとうあられもない言葉を口にした。

淫らな蜜をたっぷりとこぼすところに、肉の槍を突き挿れる。そこからぢゅぷぢゅぷと粘つきがこぼれ、陰嚢まで湿ってきたのがわかった。

「気持ちいい……あうう、藤井くん、すごいのぉ」

全身を波打たせ、悩乱の声をあげるかつてのクラスメート。あの大人びた少女が、今や

成熟した女になっていた。

すでに何度か昇りつめているのではないかと思えるほど、羽都美は体軀をビクビクと痙攣させていた。切なげによがり、閉じた目から随喜の涙をこぼす。

輝正のほうも限界が迫っていた。交わってからまだそれほど経っていないはずだが、やはり同級生との交歓に昂奮し過ぎていたようだ。

「羽都美さん、おれ、もう──」

差し迫った状況を伝えると、彼女は一瞬迷いを浮かべた。瞼を開いて泣きそうな眼差しを向け、

「ごめんなさい、中は……」

許してほしいという表情で告げる。

「うん、わかった」

答えると、羽都美は安心したふうに再び目を閉じた。

危険日なのか、それとも、夫以外の精を注がれるのは忍びないという思いからか。どちらにせよ、意向に反するつもりはない。

ただ、達する前に、彼女を頂上に導きたかった。

その使命感が功を奏したか、輝正はいたずらに走り出すことなく、熟れた女体を責め続

けられた。

「ああ、あ、すごい……こ、こんなの初めてよぉ」

羽都美が泣きよがり、身をよじって歓喜にひたる。間もなく呼吸が荒くなり、ケダモノじみた低い呻きをこぼしだした。

「ううう、う、おおぅ、い、イク――」

背中を浮かせ、四肢をわななかせる。輝正の二の腕をギュッと掴み、「う、うッ」と喉を詰まらせた。

(イッたんだ……)

安堵した途端に、こちらもめくるめく悦びに包まれる。

ねっとりと蕩ける膣奥を最後に一突きして、輝正は分身を抜き去った。オルガスムス一歩手前のそれは、触れたら破裂しそうに漲りきっている。

(ああ、出る――)

自らしごいて羽都美の下腹にほとばしらせようとしたとき、胸をどんと押される。不意をつかれ、輝正は畳に転がった。

(え⁉)

仰向けたところで、股間にうずくまる羽都美が見えた。次の瞬間、過敏になっている亀頭が温かなものに包まれ、強く吸引される。

「くはッ！」

のけ反って畳に後頭部をぶつけるなり、怒濤の悦楽が襲来した。

「ああ、あ、出るよ」

羽都美がペニスを含んでいるとわかって告げたのだ。しかし、唇がはずされることはなく、敏感な粘膜をピチャピチャと吸いねぶられる。そればかりか、余りの肉胴を指の輪が忙しくしごき、凝り固まった陰嚢も揉み撫でられた。

「うはっ、あ、うあああ」

声をあげずにいられない快美の嵐に、あっ気なく忍耐の堤防が決壊する。かつてない勢いで熱い滾《たぎ》りが駆け抜け、鈴割れからほとばしった。

ドクッ、どくんッ、びゅくんっ——。

体内にあるものすべてを吸い取られそうな、強烈な射精感。輝正は全身をヒクヒクと波打たせ、桃源郷に彷徨《さまよ》った。

4

ひとりっきりの家は、やたらと静かだ。

チヅが施設に短期入所した翌日、居間でノートパソコンに向かっていた輝正は、周囲を見回して物寂しさを覚えた。

（……そうか、ばあちゃんはいないんだよな）

寂しいというより、物足りないと言ってもいいかもしれない。

これまでも、チヅは奥の和室で眠っていることがほとんどであった。たまにトイレに行きたいと呼ばれるぐらいで、あとは食事の世話をするぐらいだ。

その祖母がいなくなっただけで、こうも違うものなのか。やはり何かあったらと、ずっと安心できずにいたのだろう。そういう緊張状態から解放されたことで、すっかり気が抜けたようになっていた。

おかげで、何も心配しなくてもいいはずなのに、少しも仕事に集中できない。どうかするととりとめもなく考え込み、ディスプレイを眺めながらぼんやりしてしまう。

（……羽都美さん、元気かな）

昨日関係を持った、同級生の人妻が頭に浮かぶ。胸がチクッと痛むのは、あんなことをしてよかったのかと悔やむ気持ちがあるからだ。

口内に受けとめた精液をすべて喉に落としたあと、羽都美は急いで脱いだものをかき集め、身繕いをした。まだ息を荒げてグロッキー状態だった輝正をふり返ることなく、何やら考え込んでいるふうにも見えた。

そして、ようやく身を起こした輝正がブリーフを穿きかけたところで、

『じゃあ、あたしはまだ仕事があるから』

と、そそくさと部屋を出ていってしまったのだ。こちらに声をかける暇も与えず。

(あれってやっぱり、後悔してるってことだよな)

良人《おっと》を裏切った気持ちになったから、あんなふうに早々と立ち去ったのでないか。ひょっとしたら娘たちに対しても、申し訳なく感じたのかもしれない。

だから輝正も、まずいことをしたという心境に陥ったのだ。

本当は今日も病院と、それからチヅのところに行くつもりでいた。けれど、羽都美と顔を合わせたらと考えたら腰が重くなり、結局病院に行くこともやめてしまった。

まだお昼過ぎで、今から出かけても決して遅くはない。しかし、こうやって迷っているうちに夕方になってしまうだろう。

（……よし、明日行くことにしよう）

決心することで、多少は気が楽になる。チヅの着替えも持っていかなければならないから、ずっと行かずに済ますことはできないのだ。それに、一日置けば、羽都美も気持ちの整理がつくのではないか。

そうであってほしいと願ったところで、輝正は空腹を覚えた。チヅがいないから朝は適当に済ませたし、お昼ご飯もまだだったのだ。

（冷蔵庫に食べ物もなかったし、買い物に行くか）

昼は外で済ませて、夕食からちゃんと作ろう。これからの予定を立ててノートパソコンを閉じたとき、玄関の開く音がした。

「ごめんください」

聞き覚えのない女性の声。

「はーい」

返事をして居間を出ると、三和土のところに四十歳ぐらいと思しき女性がいた。

「初めまして。ええと、藤井輝正さんですよね？」

「はい、そうですけど」

「わたくし、こがねの里でケアマネージャーをしております、斎藤悦子《さいとうえつこ》と申します」

差し出された名刺を受け取り、輝正はきょとんとなった。

（え、ケアマネージャーって、範子さんじゃなかったのか？）

それとも何人かいて、別の用事でやって来たのだろうか。

「このたび、チヅさんはやわらぎホームに入所されたわけですが、わたくしが引き続きチヅさんの担当ということになっておりますので、たとえばやわらぎホームを退所されるときであるとか、あるいは入所を延長されるときなど、わたくしのほうでも先方と連絡をとって対処するようになっております。今後とも引き続きお世話になりますので、よろしくお願いいたします」

「はあ、どうも……」

「それで、これまではチヅさんの件に関して、遠縁の方があいだに立って輝正さんと連絡をとっていただいたわけですが、手続きが煩雑《はんざつ》になりますし、やはりお身内の方に直接お話をさせていただきたいと思いましたので、本日は伺わせていただきました」

「え、遠縁の方って？」

「源さんですわ。たしか、源範子さんとおっしゃられましたよね」

これには、輝正は驚きを通り越して唖然とするばかりだった。

（範子さんが遠縁って……じゃあ、ケアマネージャーっていう話は!?）

訳がわからず、斎藤という女性をぼんやりと見つめる。

「あの、どうかされましたか?」

怪訝な顔で問いかけられても、「ああ、いえ……」と、心ここにあらずの返答しかできなかった。

(このひとが嘘をついてるわけじゃないよな?)

もらった名刺を確認すれば、少なくとも急ごしらえのものではなさそうだ。しかし、新手の詐欺か何かで、介護料などの名目でお金を騙し取ろうとしているのではないかという疑惑が胸に巣食う。

けれど、そんな話題が斎藤の口から語られることはなかった。

「やわらぎホームさんのほうでお話があったと思うのですが、申請書類はもう役所のほうから取り寄せられましたか?」

「ええ、昨日のうちに……」

「その書類に関してなんですけど、実は記入されるときに注意していただきたい点がありまして——」

持参した書類ケースから、斎藤が封筒を取り出す。中の説明文書を輝正に示し、介護保険の適用に関してなど、詳しく教えてくれた。

（……このひと、本物のケアマネージャーみたいだな）

範子は口頭であれこれ述べるだけで、事務的なことに関しては手配しておきますと言っただけだ。それでも信頼していたのは、チヅの入所などが実際にうまく進んでいたからである。

けれどそれらは、どうやら斎藤がやっていたらしい。

（じゃあ、範子さんはいったい――）

自分にはケアマネージャーと名乗り、斎藤のほうには遠縁の者であると告げていたらしい。しかし、源なんていう親戚は、これまで聞いたことがなかった。

（だけど、ばあちゃんは範子さんを知っていたみたいだったぞ）

もっとも、認知症の気がある上、目がほとんど見えないのだ。誰かと勘違いをしていた可能性もある。

となると、彼女は何者なのだろう。

「――以上の点を、申請書に記入の際にはご注意ください」

「はい……わかりました」

「では、この文書はこちらに置いていきますので、参考になさってください」

説明の文書を入れた封筒を輝正に渡したあと、

「それで、ひとつお願いがあるのですが」

斎藤が言いにくそうに切り出した。

「はい、なんでしょうか」

「急で申し訳ないんですけど、チヅさんと入れ替わってやわらぎホームを退所された方が、どうしても一日だけみてもらいたいという話になったんです。何でも、ご家族に急用ができたとかで。それで、明後日の午後から翌日の昼までなんですけど、そのあいだだけチヅさんにお家へ戻っていただくわけにはいきませんでしょうか?」

「ええ、かまいませんけど」

チヅのいない寂しさを感じていたこともあり、輝正は即座に了承した。

「ああよかった。ありがとうございます」

斎藤が安堵の笑顔を見せ、深々と頭をさげる。

「つい先ほどやわらぎホームさんから連絡がありまして、その方は以前こがねの里も利用されていたものですから、わたくしとしても何とかしてあげなくてはと思いまして」

「そうだったんですか。一日ぐらいでしたら、うちは大丈夫ですから」

「本当にすみません。それで、チヅさんの送迎のほうは、やわらぎホームさんのほうでやっていただきますので、申し訳ありませんがよろしくお願いいたします」

「わかりました。そうするとばあちゃんが戻るのは、明後日の昼ですね」

「お昼過ぎになると思います。あちらで昼食を食べてからになりますので。帰りも、お昼前には迎えがまいります」

「わかりました。あと、申請書類のほうは、明日には提出いたしますので」

「そうですか。では、併せてお願いいたします」

斎藤は何度も頭を下げながら、玄関を出ていった。

彼女に渡された封筒を手に、輝正は居間に戻った。昨日市役所で受け取った書類を卓袱台に置き、注意を受けたことを反芻しながら必要事項を記入する。

その間も、彼の胸の中には疑問が渦を巻いていた。

（範子さんって、誰なんだ——）

第五章　再　生

1

翌日、輝正はまず病院を訪れた。

「ああ、来てくれたの」

昌江がベッドに上半身を起こし、笑顔を見せる。ベッドの脇にはスリッパが置いてあり、ひとりで歩くこともできるようになったらしい。

「まだ少しフラつくけど、トイレぐらいなら何ともないわね。この点滴のスタンドにつかまって歩くんだけど」

点滴の針はまだ腕に刺さっていたが、本数は半分に減ったという。食事もお粥から普通のご飯になったそうだ。

「それで、何かわかったの？」

「結局エコーでも悪いところが見つからなかったから、明日ＭＲＩ検査をするんだって」

「なんだよ、それ……」

悪いところが見つからないのはいいのだが、原因がわからないのは不安である。だいたい、何もなくて意識を失うことなどあるのだろうか。

「ああ、そうそう。輝正、あとでナースステーションに寄ってちょうだい」

「え、どうして？」

「看護婦さんから言われてたんだよ。お医者さんから話したいことがあるから、家族が来たら教えてくれって」

「ふうん……」

一瞬、本人には言えないような深刻な話でもあるのかとドキッとする。もっとも、だとしたらそんな意味深な伝言をするはずがない。昌江もけろりとしているから、すでに何か聞いているのではないか。

それも気になったが、輝正はもうひとつの疑問に関して、母親に訊ねた。

「なあ、ばあちゃんがデイサービスで行ってたこがねの里って――」

「え？」

「あそこにケアマネージャーっているじゃないか」

「ああ、斎藤さんね」

あっさりと告げられた名前に、輝正は膝から下が気怠《けだる》くなるのを覚えた。信じてきたものが根底から否定されて不安に陥る。そんな感覚だった。

(じゃあ、昨日のひとが本物のケアマネージャーで、範子さんは――)

何者なのかということより、いったい何の目的で家に入り込んだのかが気になる。

(あんなふうに親切にしたり、励ましてくれたのは、おれを油断させるためだったんだろうか……)

しかし、そんなことをして何になるのか。家には狙われるような資産など皆無だし、取り入ったところで得られるものなどない。

というより、彼女がそんなことをするような人間とは思えない。

ただ、範子が藤井家の事情に通じていることは間違いなかった。チヅのことばかりでなく、昌江が入院したこと、それから――

(おれが東京にいたことも知ってたんだよな)

ケアマネージャーの斎藤に訊いたのだろうか。しかし、あのひとはいかにも生真面目そうであったし、いくら遠縁だと名乗られたからといって、そう簡単に個人情報を教えるとは思えない。範子が事情をあれこれ知っていたから、彼女も信用したのではないか。

「斎藤さんがどうかしたのかい？」

母親の問いかけに、輝正は我に返った。

「いや、昨日家に来たんだ。ばあちゃんの入所に必要な申請書類のことで、わざわざ」

「ああ、あのひとは面倒見がいいからね」

昌江がなるほどというふうにうなずく。

（範子さんだって面倒見はよかったんだ……）

だが、ケアマネージャーでないのは確かだ。

（待てよ、母さんなら知ってるかも）

輝正は思い切って、範子のことを訊ねてみた。

「母さんは、源範子っていうひとのこと知ってる？」

問いかけるなり、昌江の表情が曇る。

「なんだ、ばあちゃんが喋ったのかい？」

実在の人物だとわかり、輝正はホッとした。母親の反応は気になるものの、少なくとも偽名を使って我が家に入り込んだわけではなさそうだ。

「うん、まあ……で、そのひとって、うちに関係あるひとなんだろ？」

「関係あるっていうか、母さんの双子の妹だよ。ただ、生まれてすぐ養女に出されたんだけどね。ばあちゃんの父親、つまりお前の曾祖父《ひいじい》ちゃんの友達のところに。そこが源っていう家だったんだ」

「養女……？」

「生まれる前から双子だってわかっていたし、当時は戦後間もなくで生活も苦しかったから、早いうちからそういう話になってたみたいだよ。ただ、母さんはそのことをずっと知らなかったけど。てっきりひとりっ子だとばかり思ってたもの」

事情は摑めたものの、輝正は首をかしげるばかりだった。

(母さんの双子の妹？　範子さんは、どう見てもおれより年下だったぞ)

本人も二十五歳だと言っていた。それに、昌江とも似ていない。まあ、双子でも二卵性なら、そっくりでないこともあるだろう。

ただ、座敷にある先祖の写真の、チヅの母親とはどことなく似ている気がする。モノクロで色褪せた、しかも年寄りの写真との比較だから、本当にどことなくというレベルでしかないが。

初めて範子と会ったとき、初対面という気があまりしなかったのは、そのせいだったのかもしれない。

(待てよ。あの範子さんって、母さんの妹の娘なんじゃないだろうか)

昌江の話からすると、養女に出された範子は藤井家と関わりを持っていなかったらしい。そのあたりの事情を知った娘が、祖母のチヅや伯母である昌江を訪ねて来たのではないか。ところが藤井家はこういう有り様であり、手助けをすることにしたと。そのときに母親の名前を名乗ったのだろう。

頭の中であり得そうなストーリーを組み立ててから、輝正は昌江に訊ねた。

「それで母さんは、範子さんに会ったことがあるの?」

「ないよ」

昌江はやるせなさげなため息をついた。

「母さんがそのことをばあちゃんに教えてもらったのは、父さんと結婚した直前ぐらいだったけど……そのときにはもう、範子は亡くなっていたから」

病院を出て、輝正はチヅのいるやわらぎホームへ向かった。

その前に昌江の容体について、医師から説明を受けた。おそらく何らかの事情で血圧があがり、そのせいで意識を失ったのだろうという診断であった。もう少し検査をして特に何も見つからないようなら、来週には退院できるとも言われた。

どうやら心配なさそうで、輝正はホッとした。だが、もうひとつのことが解決していなかったから、バスに乗っているあいだもずっと心臓がドキドキしていた。

(範子さんが亡くなってるって……)

あるいは娘かもしれないと考えたが、そんなに早く亡くなっていたのでは、あんな若い子供がいるはずがない。その仮説は否定される。

しかし、可能性がゼロになったわけでもなかった。

(ばあちゃんは母さんに嘘をついてて、実はまだ生きてたんじゃないだろうか)

生まれてすぐに生き別れた姉妹を会わせたくなかったから、すでに亡くなったことにしたのではないか。だとすれば、今回現れた範子が娘であるという推理も成り立つ。

とにかく、チヅならそのあたりの事情を知っているはずだ。是非確認しなければと勇んでホームを訪れれば、

「チヅさんは、たった今お風呂に入ったところですね」

と言われた。介護されての入浴のため、時間がかかるとのことだった。

(……ま、いいか。明日には家に戻るんだから)

終わるまで待っていたら、羽都美と顔を合わせるかもしれない。それも気まずかったから、輝正は提出書類や着替えを介護士に渡し、施設をあとにした。

2

チヅの乗ったやわらぎホームのバンが到着したのは、斎藤が告げた通り午後一時を回った頃であった。

「すぐに部屋で休むかい?」

手を引いて玄関に入ってから、輝正はチヅに訊ねた。

「おれぁ、散歩がしてえなあ」

「散歩って?」

歩くのは難しいだろうと言おうとして、三和土に置かれた車椅子に気づく。

「わかった。ちょっと待ってて」

チヅを下駄箱につかまらせ、輝正はたたんであった車椅子を外に出して広げた。それから奥の部屋に行き、膝掛けを持ってくる。

「じゃあ、行こうか」

車椅子に坐らせた祖母に膝掛けをかけ、車椅子を押して通りを神社のほうに進んだ。

空は澄み切って青く、ポカポカしたいい陽気だ。お日様のもとに出るのは久しぶりのためか、チヅは上機嫌だった。

「ああ、ぬくぅて気持ちええなあ」

明るいところだと多少は見えるのか、通りの色褪せた景色を見回して目を細める。まだ入所して三日ほどだが、食事がいいのか彼女の肌はツヤツヤして血色もいい。きっとその他の世話も行き届いているだろう。

(前より元気になったみたいだものな)

自分から散歩に行きたいと言ったのも、初めてではないだろうか。

(あ、そうだ。範子さんのことを——)

肝腎なことをチヅに訊ねようとしたとき、

「あら、チヅさん、お散歩?」

いきなり声をかけられドキッとする。見ると、そばの家の玄関先に、チヅよりはいくらか若い老女がポツッと佇んでいた。

「はーい、ちぃとそこまで」

「ええですのぉ、お孫さんと一緒で」

笑いかけられて、輝正も会釈を返した。

(誰だったかな……?)

ご近所にもかかわらず、さっぱりわからない。チラッと表札を見たものの、記憶にない名前だった。高校卒業まで住んでいたところだが、友人の家は別にして、近所付き合いにまったく関心がなかったからだ。

けれど、自分が知らなくても、向こうはこちらを知っている。チヅと一緒にいるからというわけでもなく、孫であるとちゃんとわかっているのだ。

きっと、自分が小さなときから、見守ってくれていたのだろう。くすぐったいようで、けれど悪くない気分だった。

そのあとも、何軒もの家の年寄りから話しかけられた。いずれもチヅが元気そうなのを見て嬉しそうな顔になり、輝正に対しても、

「おばあちゃん、元気でよかったねえ」

と声をかけてくれる。

「はい、おかげ様で」

いつしか輝正も、笑顔で挨拶を返していた。

近所付き合いなど、煩《わずら》わしいだけだと思っていた。でも、こんなふうに親しみを持って接してもらえるのは、ひょっとしたら何ものにも代え難い幸福なのかもしれない。

話しかけられるたびに歯のない口で笑うチヅを見て、輝正の心もはずむ。自然と足取り

が軽くなった。

昔からちっとも変わっていない街並み。古臭いだけだとおもっていたが、チヅの車椅子を押して歩くうちに、景色が新鮮なものに変わってゆく気がした。

(あれ、この木って、前から生えていたっけ？)

(ここの生け垣、柊《ひいらぎ》だったんだな)

(こんなところに抜け道があったんだ。知らなかったな)

見慣れたはずの場所にも、新しい発見がある。ゆっくりと足を進めながら、少しずつ時間を遡っているような感覚があった。

やがて、景色の奥に神社が見えてきた。

(あのときの夢みたいだ……)

ふと現実感が揺らぐ心地がした。杉菜との記憶を蘇らせるきっかけとなったあの夢と、目にしているものがオーバーラップする。

もちろんこれは夢ではない。道を一歩ずつ踏みしめる感触もしっかりとある。

(そう言えば、あの夢の中に範子さんがいたんだ)

二十年近くも前の記憶に、どうして彼女が現れたのか。だが、その頃には範子は亡くなっているはず。

（じゃあ、あのひとは……）

浮かびかけた仮説を、輝正は胸底にとどめた。そんなことは、本人に確認しなければわからないのだ。

（でも、ばあちゃんは知ってるんだろうか）

もう一度訊いてみようとしたとき、ふと確信に近い思いが湧きあがった。

（あそこに範子さんがいるんじゃないだろうか）

神社の境内で、彼女が待っている気がしたのだ。

「輝正ぁ」

チヅが後ろを仰ぎ見る。

「どうした、ばあちゃん？」

「おらぁ、あそこに行ってみてえなあ」

「あそこって？」

小刻みに震える手を持ちあげて祖母が指差したのは、神社であった。

（ばあちゃんもわかってるんだ――）

そしてきっと、範子に会いたいのだ。

「わかったよ。ちょっと遠まわりになるけどな」

「ああ、わりいのぉ」

車椅子で石段を登るのは、さすがに無理だ。けれど、鎮守の森をぐるりとまわる迂回路がある。あのとき、杉菜と顔を合わせないように通った道だ。

細い坂道でしかも舗装されていないところを、輝正は汗にまみれて車椅子を押した。そうやって二十分以上もかかって、ようやく神社の境内に出る。

「ばあちゃん、着いたよ」

「おお、すまんのぉ。ご苦労だったなあ」

「せっかくだし、お参りしような」

「ああ」

拝殿の脇を通って表側に出る。すると、予想した通り範子がいた。かつて杉菜がそうしていたように、拝殿の階段に腰を下ろして。

(いた――)

彼女はいつか見たワンピースをまとっていた。輝正たちのほうに視線を向けると、穏やかな笑みを浮かべる。

「あの、範子さ――」

輝正が声をかけようとしたとき、チヅが動いた。ゆっくりと尻を前にずらして、足を地面におろす。そうして、フラつきながらも立ちあがった。

（え、ばあちゃん⁉）

チヅが歩いた。範子に向かってまっすぐに。よろけそうになりながらも、自分の力で一歩ずつ前に進む。

（範子さんが見えてるのか……？）

輝正は茫然と立ち尽くしていた。手を貸さなければと思わなかったわけではない。しかし、丸まった祖母の背中が、それを拒んでいたのだ。

範子が立ちあがる。階段をおりて石畳に立ち、そこで止まった。自分のほうに歩いてくるチヅを、優しい眼差しで見つめる。

（やっぱり……そうなんだ――）

ふたりが親子であることを、輝正は確信した。徐々に縮まる距離が、止まっていた時間の流れを再び動かすようにも感じる。

いつの間にか涙が頬を伝っていた。

長い時間をかけて、チヅはようやく範子の前に辿りついた。

「おめえ、範子だかやぁ」

問いかけに、範子はその場にしゃがみ込んだ。老親の手を取り、涙目で「はい」とうなずく。

「すまんかったなあ。おらぁ、おめえにほんとわりいことした。堪忍してくれなぁ」

チヅの声は震えていた。顔は見えないが、おそらく涙をこぼしているのだろう。

「いいのよ、母さん。わたしは幸せだったんだから」

範子が笑顔で答えても、チヅは「わりいなあ、すまんかった」と、何度も頭をさげた。

3

車椅子に腰かけたチヅは、疲れたのか眠っている。温かなそよ風が白髪を揺らし、それを心地よく感じているかのように、寝顔は穏やかだった。

輝正は範子と並んで、拝殿の階段に腰を下ろしていた。

訊きたいことは山ほどあった。けれど、こうして顔を合わせると、そのひとつとして口にすることができなかった。

何を訊いても、思った通りの答えしか返ってこないような気がしたのだ。

「なぜだかわからないけど、わたし、気がついたらこの街にいたの」

範子が語りだす。耳にすっと馴染むような、優しい声だった。

「あれは輝正君が生まれるのより、何年も前のことよ。だから、輝正君が赤ちゃんだったときのことも知ってるの。輝正君のお母さん——姉さんが結婚したときのことも」

「わたしは、ずっとこの街にいたの。そのときから景色の変わらないこの街に。そして、母さんや姉さん、姉さんの旦那さん、輝正君のことを見てきたわ」

「わたし、いつかはここを離れて、本当に居るべき場所に行くんだと思ってた。だけど、そういうことにはならなかったわ。どうしてなのか、わたしにもわからないけど」

「でもね、ひょっとしたら、ここが昔から少しも変わっていないからかもしれない。だからわたしは、ここにこうしていられるんじゃないかって思うときがあるの。あのね、わたしだけじゃないのよ。この街には、そういうひとたちがたくさんいるの」

「輝正君も、気がつかないうちにそういうひとたちを見てるんじゃないかしら。だって、最初にわたしを見つけてくれたのは、輝正君だったんだもの」

「憶えてるかな？　たぶん、輝正君が三つぐらいのときよ。わたしがここにこうやって坐っていたら、輝正君がトコトコってやってきて、『なにしてるの？』って訊いたの」

「びっくりしたけど、とても嬉しかったわ。だって、わたしの存在を認めてくれたんだもの。ああ、自分はここにいてもいいんだって、そのとき強く思ったのよ」

「それからわたしは、いられる限りここにいて、輝正君たちを見守ろうって決めたの」

信じ難い話だ。かつての自分だったら、たとえ見えていても真っ向から否定して、最初から存在しないものと決めつけたかもしれない。

けれど、今は違う。範子の話は、解けなかった問題集の答えをわかりやすく解説してくれるみたいで、ああそうか、そういうことかと、素直に思えるのだ。

（おれはずっと、範子さんに見守られていたんだ）

今になってわかる。あのときも、あのときだって、彼女がそばにいたのだ。

その眼差しを、自分は意識せずに感じ取っていた。だからこそ、そうだったんだねと迷うことなくうなずくことができる。範子が目の前に現れたとき、初めて会った気がしなかったのも当然だ。

（じゃあ、あの中にも、範子さんと同じようなひとがいたのかも……）

ここに来るまでのあいだ、声をかけてくれた老人たち。顔を見たことがないひともかなりいた。彼らもまた、この街を見守っているのかもしれない。

輝正はふと思い出した。

「おれがここに帰ってきたとき、頭の中で早くって声がしたんだけど、あれは範子さんだったの？」

問いかけに、範子は愉しげな笑みを浮かべただけで肯定も否定もしなかった。けれど、それで充分だった。

「不思議よね。いつもただ見守ることしかできなかったのに、あちこち移動したり、他のひとと話をしたり、自分でもびっくりするぐらい思いのままに動けたんだもの」

「どうして？」

「たぶん、輝正君が困ってたからじゃないかしら。それで、助けてあげなきゃって強く思ったのよ」

ひとりうなずいた範子が首をかしげ、顔を覗き込んでくる。

「だから、今回はきっと特別なの。そうそう何度も、こんなことはできないと思うわ」

笑顔で告げられたものの、輝正は愕然とする思いだった。

(それじゃ、範子さんは——)

今にも彼女が消えてしまいそうに感じて、焦燥感に囚われる。もちろんこれまで通り見守ってくれるのだろうけれど、二度と助けてはもらえないのか。

「あら、どうしたの? 男の子が情けない顔しちゃって」

範子がクスクスと笑う。それからチヅのほうに視線を移し、

「ありがとう……」

しみじみとつぶやいた。

「え?」

「だって、輝正君が頼りなかったおかげで、わたしはこうして現れることができて、母さんとも話ができたんだもの。その点は感謝しなくっちゃね」

冗談めかした言葉にも、笑うことができない。おそらく自分で思う以上に、情けない顔をしているのだろう。

そんな輝正を振り返り、ちょっと困った顔をした範子であったが、不意に意味深な笑みを浮かべた。

「ね、わたしがずっと見守っていたこと、わかってくれたわよね?」

「うん……」

「輝正君がここで杉菜ちゃんと会ってたときも、わたしはそばにいたんだよ」

初めて射精したときのことだと、すぐ理解する。

「あ、ああ、あれは――」

輝正は焦り、うろたえた。頬も耳も、たまらなく熱かった。

「ふふ」

愉しげな笑みをこぼした範子が、すっくと立ちあがる。

「いらっしゃい」

手を差し出され、輝正はためらいつつも握った。現実感がないほどに柔らかなそれは、けれど不思議と温かだった。

手を引いて導かれたのは、拝殿の中であった。祭のときぐらいしか開放されないそこは、枯れ色の畳が敷き詰められたほぼ正方形の空間だ。

「今だったら、わたしもちょっとぐらいは教えてあげられるわ」

範子が見つめてくる。真剣な眼差しにどぎまぎしつつ、輝正は「な、何を?」と問い返した。

返答はない。その代わり、輝正は畳に押し倒された。

(おれはいったい——)

頭の中が白くぼやけてくる。それは、かつて経験したことのない奇妙な感覚だった。

服は着たままのはずであった。なのに、抱きついてくる範子の肌や、背中に当たる畳の感触がやけにリアルだ。

唇が重ねられる。マシュマロみたいにフワフワとした柔らかさにうっとりする。だが、吐息の香りや、絡みつく舌を伝って注がれる唾液の味は、まったくなかった。

(やっぱり範子さんは——)

悲しくて涙がこぼれる。

「じっとしてていいわよ」

彼女の囁きも、ひどく実態のないものに感じられる。それでいて、輝正は狂おしい快楽にひたっていた。

(ああ、なんだこれ——)

そそり立った分身にまつわりつくものがある。濡れ温かなそれは、範子の秘肉なのか。着衣のまま重なっているのに、どうしてそんなことが可能なのだろう。

「わたしたち、してるのよ」

範子が吐息をはずませて告げる。やはりふたりは交わっているのだ。ただ、快感は底無しに深まるのに、彼女の存在がどんどん希薄になってゆく。

輝正は瞼を閉じた。目の前の範子が消えるところを見るのが怖かったのだ。

「もっと感じて……わたしを、いっぱい感じて」

優しい声が心地よく響く。魂を吸い取られそうな悦びにひたり、輝正は全身をガクガクと波打たせた。

「ああ、範子さん」

勢いよく射精する。跳ね躍るペニスが、夥《おびただ》しい欲望液をほとばしらせる。

それでも勃起はおさまらなかった。範子に包まれたそれは力を漲らせたまま、なおも蕩ける甘美を求めた。

「いいわよ。もっと出しなさい」

範子の声がオルガスムスを呼び、またもめくるめく快感に理性を飛ばす。

「ああ、すごいよ……どうかなっちゃいそうだ」

荒ぶる息づかいはおさまることを知らず、何度射精してもし足りない。けれどそれは、このひとときが終わることを恐れたからだったのか。

「わたしも感じてるのよ。輝正君のこれを、たくさん受けとめているのよ」

艶めく囁きに、また絶頂が訪れる。

「あああ、いく——」

輝正は、文字通り精根尽き果てるまで精を放ち続けた。

4

目を覚ましたとき、輝正は拝殿の真ん中で大の字になっていた。

(え、範子さん？)

焦って跳び起き、周囲を見まわす。しかし、拝殿内に彼女の姿はなかった。

快感の名残は体内に燻《くすぶ》っていたが、射精後の気怠《けだる》さはまったくない。だいたい、あれだけ多量に放出したはずなのに、その痕跡すらなかったのだ。

(何をしてたんだ、おれは……)

あれは夢だったのかと首をひねりながら拝殿を出る。

(え!?)

焦って目を瞠《みは》る。チヅの姿も、車椅子ごと消えていたのだ。

輝正は駆け出した。範子とチヅ、どちらを探すのか自分でもわからぬまま、とにかく走った。石段をおり、旧い街並みの中を突っ切り、足は自然と家へ向かっていた。

玄関の戸を開けて飛び込むと、三和土に折り畳まれた車椅子があった。すぐに居間を抜け、奥の和室に入ったが、ベッドにチヅはいない。

だが、座敷への襖が開いている。

「ばあちゃんっ!」

大声で呼びながら座敷に入れば、果たしてそこにチヅがいた。仏壇の前にちょこんと坐り、半分眠ったようにして何やらブツブツと唱えている。

輝正は全身から力が抜けるのを覚えた。チヅの横に膝をつき、今さら吹き出してきた額の汗を拭う。

「ばあちゃん、ひとりで帰ったのか?」

やれやれと思いながら問いかければ、

「いいや、連れてきてもろぉた」

チヅは口ごもるように答えた。

「連れてきてもらったって、誰に?」

けれど、それには答えない。また何やらブツブツと唱えだす。

(範子さんだな……)

そうに違いないと、輝正は思った。そして、おそらく彼女は、二度と目の前に現れることはないのだ。

（最後だとわかったから、範子さんはああしておれに――）

あるいは、ずっと見守ってきた少年が精通を遂げたときから、女を教えてあげたいと思っていたのかもしれない。

（ひょっとしたら、おれが杉菜姉ちゃんや羽都美さんとしたのも、範子さんは見てたのかな……）

あのふたりにもライバル心を燃やしたのだろうかと考えたところで、チヅが仏壇の下の棚を開ける。そうして奥から手探りで取り出したのは、白い小さな壺だった。

「なあ、輝正、頼みがあるんだけども」

「なんだい?」

「おれが死んだら、これをいっしょに墓に入れてくれえさ」

受け取ったものを確認して、輝正は息を呑んだ。

（これは――）

壺の側面には三十数年前の日付と、「範子」という名前のみが書かれてあった。

おそらくこれは遺骨だろう。壺の大きさからして、養女に出した先から分けてもらったものではないか。

そのとき、輝正は悟った。

（そうか、範子さんはこれと一緒に、この街に来たんだ）

確信した途端、瞼の裏が熱くなる。

「なあ、輝正。頼むな」

「ああ……わかったよ。ちゃんと墓にいれてやるから」

そうすれば、今度こそ範子は、ゆっくりと休むことができるのだろう。母親と一緒に
――。

「だけど、そんなすぐに墓に入らなくてもいいんだぞ。ばあちゃんは、まだまだ長生きしなくちゃいけないんだからな」

「あい。ありがとぉなあ」

チヅが仏壇に向かって両手を合わせ、何度も頭を下げて拝む。その横で、輝正は懸命に涙を堪えた。

終章

翌週の月曜日、昌江が退院した。

「ああ、やっぱり我が家がいちばんだねえ」

家に着くなり、大袈裟なことを口にする。わずか一週間半ほどの入院だったが、やけに実感がこもっていた。

病みあがりで足元が覚束《おぼつか》ないものの、日常生活に困るほどではない。時間が経てば元通りになるだろうと、医師も言ってくれた。

「母さん、これ」

今週出る予定の本を、輝正はようやく母親に渡すことができた。

「何だい、これは？」

「おれが書いた本だよ。今週発売なんだ」

照れくさくて横を向いたまま告げたものの、昌江が顔をほころばせたのは見なくてもわかった。

「へえ、すごいじゃないか。ひょっとしてこれを持ってくるために、わざわざ帰ってきたのかい?」

「ああ」

「だったら、もっと早く教えてくれればいいのに」

「それどころじゃなかっただろ。帰ってきたら母さんが倒れてるし、あれで寿命が一年は縮んだんだからな」

「本当に悪かったねえ。輝正には迷惑をかけて」

いきなりしんみりした口調になった母親に、輝正はうろたえた。

「んな、子供が親の面倒を見るのは当たり前だろ。もう若くないんだから、これからは無理しないでくれよな」

「わかったよ。あ、これ、父さんにも見せてくるね」

昌江は本を手に座敷に向かった。仏壇の前で報告するのだろう。だが、敷居のところで躓《つまず》きそうになったものだから、輝正はハラハラした。

(やっぱり、もう少しここにいなくちゃ駄目だろうな)

チヅは施設にいるからいいとして、昌江のことが気にかかる。また血圧が上がって倒れたり、そうでなくても躓いて転んだりして、大事にならないとも限らない。

(会社に連絡して、あと一週間ぐらい休暇をのばしてもらうか)

そう考えていたものだから、

「輝正、早く東京に戻りなさい」

座敷から戻った昌江が開口一番告げたのに、輝正は驚いた。

「え? だって、母さんはまだ——」

「母さんのことは心配しなくていいよ。本が出せたってことは、次もあるんだろ? 忙しくなるんだろうし、なおさらこんなところでグズグズしていられないじゃないか」

「いや、でも……」

「母さんのためにここにいるなんて思ってるのなら、それは大きな間違いだよ。母さんは輝正の活躍を見ることが生きがいなんだから。親孝行がしたいんなら、生きがいを奪わないでおくれよ」

頑《かたくな》な態度に途方に暮れる。さらに昌江は、

「いいね? 明日東京に戻りなさい」

きっぱりと言い放った。

翌日、輝正は実家をあとにした。

玄関を出るとき、昌江は「気をつけて行ってらっしゃい」と言い、あとは何も口にしなかった。だから輝正も、「行ってきます」と答えただけだった。

(行ってきます――か)

歩きだしてから、ふと思う。それは別れの言葉ではなく、また帰ってくるという約束なのだと。

(そうだな。また帰ってくればいいんだ)

懐かしい街並みを、来たときとは反対方向にずんずん歩く。止まっていた時間が動きだすような気がした。そのとき、

(……あ)

背中に視線を感じる。誰かが見送っているのだ。

輝正は振り返らなかった。振り返ったところで、誰もいないのはわかっている。

いや、いないのではない。彼女はきっとそこにいる。ただ見えないだけだ。

(母さんとばあちゃんを頼みます――)

輝正は心の中で願った。

故郷を発つ前に、やわらぎホームにも寄る。

部屋に入ると、チヅは眠っていた。起こすのも可哀想な気がして、輝正は穏やかな寝顔をじっと見つめた。

「……じゃ、おれは行くから。ばあちゃんも元気にしてろよ」

仮にチヅが起きていたとしても、それは聞き取れないぐらいの声だったろう。けれど、彼女の口許が緩んで笑顔になったのを、輝正ははっきりと見た。

部屋を出てロビーに出たところで、羽都美と鉢合わせる。

「あ——」

気まずそうに目を伏せた彼女に、輝正はバッグから本を取り出して渡した。

「これ、約束したやつ」

一瞬きょとんとした羽都美であったが、すぐに理解して口許をほころばせる。

「わあ、ありがとう。読ませてもらうね」

嬉しそうに礼を述べたのに安堵したものの、輝正は表情を引き締め、ペコリと頭をさげた。

「このあいだはごめん」

「え?」

「羽都美さん、あのあと後悔してるみたいだったから……おれも無神経だったかもしれないって反省したんだ」

「あ、違うの。あれは――」

焦りを浮かべた羽都美は、声をひそめて言った。

「あたしはただ、照れくさかっただけなの。かなり恥ずかしいこともしちゃったから。ホント、それだけよ」

「そうなの？」

「うん。そりゃ、ちょっとはダンナや子供たちに悪いなって思ったけど、あれは頑張ってる自分へのご褒美《ほうび》だって思うことにしたから。だって――」

羽都美が顔を近づけ、声のトーンをさらに落とす。

「あたしはあれでいろいろとスッキリして、また頑張れるって気になれたんだもの」

言ってから、同い年の人妻は艶っぽい微笑を浮かべた。

「だったらよかった」

安堵して、輝正は肩を落とした。もっとも、彼女から漂うなまめかしい汗の香りに、密かにときめいてもいた。

「あ、これから東京に行くの？」

「うん。またしばらくこっちには来ないかもしれないけど」

「そう……」

羽都美が残念そうにうつむく。セックスの相手がいなくなることを寂しがっているわけではない。純粋に友人との別れを惜しんでいるのだ。

後ろ髪引かれる思いを噛み締めつつ、輝正はまた頭をさげた。

「ばあちゃんのこと、よろしくお願いします」

「うん。あたしも声をかけるようにするわ」

「ありがとう。それじゃ――」

さようならと告げようとして、輝正は思いとどまった。この場にもっと相応《ふさわ》しい言葉があることに気がついたからだ。

「行ってきます」

笑顔で告げると、羽都美がびっくりした顔になる。けれど、すぐに笑顔になった。

「行ってらっしゃい」

その元気な声は、広々としたホールにわんと響いた。

一〇〇字書評

切り取り線

購買動機（新聞、雑誌名を記入するか、あるいは○をつけてください）	
□（	）の広告を見て
□（	）の書評を見て
□ 知人のすすめで	□ タイトルに惹かれて
□ カバーが良かったから	□ 内容が面白そうだから
□ 好きな作家だから	□ 好きな分野の本だから

・最近、最も感銘を受けた作品名をお書き下さい

・あなたのお好きな作家名をお書き下さい

・その他、ご要望がありましたらお書き下さい

住所	〒				
氏名		職業		年齢	
Eメール	※携帯には配信できません	新刊情報等のメール配信を 希望する・しない			

この本の感想を、編集部までお寄せいただけたらありがたく存じます。今後の企画の参考にさせていただきます。Eメールでも結構です。

いただいた「一〇〇字書評」は、新聞・雑誌等に紹介させていただくことがあります。その場合はお礼として特製図書カードを差し上げます。

前ページの原稿用紙に書評をお書きの上、切り取り、左記までお送り下さい。宛先の住所は不要です。

なお、ご記入いただいたお名前、ご住所等は、書評紹介の事前了解、謝礼のお届けのためだけに利用し、そのほかの目的のために利用することはありません。

〒一〇一‐八七〇一
祥伝社文庫編集長 加藤 淳
電話 〇三（三二六五）二〇八〇
bunko@shodensha.co.jp

祥伝社ホームページの「ブックレビュー」からも、書き込めます。

http://www.shodensha.co.jp/bookreview/

上質のエンターテインメントを！珠玉のエスプリを！

祥伝社文庫は創刊十五周年を迎える二〇〇〇年を機に、ここに新たな宣言をいたします。いつの世にも変わらない価値観、つまり「豊かな心」「深い知恵」「大きな楽しみ」に満ちた作品を厳選し、次代を拓く書下ろし作品を大胆に起用し、読者の皆様の心に響く文庫を目指します。どうぞご意見、ご希望を編集部までお寄せくださるよう、お願いいたします。

二〇〇〇年一月一日　祥伝社文庫編集部

祥伝社文庫

恥《は》じらいノスタルジー

平成二十二年十二月二十日　初版第一刷発行

著　者　橘《たちばな》真《しん》児《じ》

発行者　竹内和芳

発行所　祥伝社

東京都千代田区神田神保町三-六-五
九段尚学ビル　〒一〇一-八七〇一
電話　〇三（三二六五）二〇八一（販売部）
電話　〇三（三二六五）二〇八〇（編集部）
電話　〇三（三二六五）三六二二（業務部）
http://www.shodensha.co.jp/

印刷所　萩原印刷

製本所　関川製本

カバーフォーマットデザイン　芥　陽子

造本には十分注意しておりますが、万一、落丁、乱丁などの不良品がありましたら、「業務部」あてにお送り下さい。送料小社負担にてお取り替えいたします。

Printed in Japan　　ISBN978-4-396-33630-1 C0193

祥伝社文庫の好評既刊

祥伝社文庫の好評既刊

祥伝社文庫の好評既刊

藍川　京　**うらはら**

女ごころ、艶上――奥手の男は焦れったく、強引な男は焦らしたい。女の揺れ動く心情を精緻に描く傑作官能！

藍川　京　**誘惑屋**

同棲中の娘を連れ戻せ。高級便利屋・武居勇矢が考えた一発逆転の奪還作戦とは？

安達　瑶　**ざ・だぶる**

一本の映画フィルムの修整依頼から壮絶なチェイスが始まる！男は、愛する女のためにどこまで闘えるか!?

安達　瑶　**ざ・とりぷる**

可憐な美少女に成長した唯依《ゆい》は、予知能力まで身につけていた。そして唯依の肉体を狙う悪の組織が迫る！

安達　瑶　**悪漢《わる》刑事《デカ》**

「お前、それでもデカか？　ヤクザ以下の人間のクズじゃねえか！」罠と罠の掛け合い、エロチック警察小説の傑作！

安達　瑶　**悪漢《わる》刑事《デカ》、再び**

最強最悪の刑事に危機迫る。女教師の淫行事件を再捜査する佐脇《さわき》。だが署では彼の放逐が画策されて……。

祥伝社文庫　今月の新刊

平 安寿子	こっちへお入り	涙と笑いで贈る、アラサー女子の青春落語成長物語。
篠田真由美	龍の黙示録　魔道師と邪神の街　魔都トリノ	不可視の赤い網に覆われた街で、龍緋比古に最大の試練が！
小森健太朗	マヤ終末予言「夢見」の密室	2012年、世界は終末を迎える！　究極の密室推理。
橘　真児	恥じらいノスタルジー	変わらない街で再会した〝忘れえぬ〟女たちよ――。
豊田行二	野望街道　新装版	すべてを喰らい尽くして出世の道をつき進む！
安達　瑶	消された過去　悪漢刑事《わるデカ》	人気絶頂の若手代議士が、ワルデカを弾劾する理由は？
佐伯泰英	切羽《せっぱ》　密命・潰し合い中山道〈巻之二十四〉	極限状態で師弟が見出す光明。緊迫のシリーズ第二十四弾！
吉田雄亮	涙絵馬　深川鞘番所	絵馬に秘めた男と女の契り…。不貞の証か、真実の恋の形見か？
岡本さとる	取次屋栄三《えいざ》	デビュー作にして「笑える、泣ける！」大型新人作家登場。
早見　俊	三日月検校《けんぎょう》　蔵宿師善次郎	絶大な権力を握る〝検校〟の知られざる過去を暴け！